Bodo Pipping

Spiel mir das Lied vom Leben

Bodo Pipping

Spiel mir das Lied vom Leben

© Bodo Pipping 2019
Herstellung & Verlag:
BoD - Books on Demand, Norderstedt
ISBN: 9783749432738

Stellen Sie sich vor:
Man stiehlt Ihnen fünf Jahre
Ihres Lebens. Das Hirn in dieser
Zeit wie unbeteiligt: kein Anschluss
unter dieser Nummer.
Gibt es dann doch
einen Weg zurück
ins Leben?

Als die digitale Pest kam

Weltuntergang. Apokalypse. Doomsday. Armageddon. Fin du monde...Und was die Menschheit noch so an Begriffen hat für das bevorstehende Ende...

Die Uhr, die Verwaltungsdirektor Peter Schultheiß gegen den Rat des Technischen Direktors angeschafft hatte, schlug mit wunderbar apokalyptischem Hall Mitternacht. Zwei Dutzend der höchsten Vertreter des universitären Klinikums, zusammengetrommelt im zentralen Konferenzraum, krümmten sich unter dem akustischen Terror. Genau die Stimmung, die er brauchte, um ihnen Feuer unter den breitgesessenen Ärschen zu machen!

Peter Schultheiß hatte den glanzvollen Titel „Verwaltungsdirektor des Großklinikums". Im Augenblick kam er sich vor wie auf einem Tanker in schwerster See. Ein Riff lauert voraus. Der Kapitän, der Steuermann, der Eins O sind von Bord gegangen. Es ist nur eine Frage der Zeit, wann die Katastrophe sich vollendet. Wer kann noch helfen?

In der Tat hatten sich mitten im Sturm der öffentlichen Empörung der Technische Direktor und der Leiter der Medienabteilung mit Burnout-Syndrom abgemeldet. Verdammte Verräter!

Ja schön. Sie hatten Gründe. Was da hereingebrochen

war über die stadtteilgroße Einrichtung im Dienst der Gesundheit war zum Verzweifeln. Ein zynischer Hacker-Angriff hatte die Unzulänglichkeit der Schutz- und Notfallsysteme erbarmungslos offengelegt. Der Tod war gekommen wie einst die Pest oder die Spanische Grippe...Und warum wart Ihr nicht besser verwaltet, gerüstet für solche Not? Hängt die, die versagt haben! Wir wollen Köpfe rollen sehen! Damit unsere Wut und Trauer ein Ventil haben!

Seine Eltern hatten zu dem sinnigen Namen „Schultheiß" (sein Vater war einst wahrhaftig Bürgermeister) den Vornamen „Peter" gewählt. Hat ja immer was: auf diesen Felsen will ich bauen...Zugleich aber war „Peter" auch ein Tölpel, ein Trottel, ein Lügenpeter, einer, der eben den Schwarzen Peter zieht. Und den hatte er jetzt.

Ein Peter Schultheiß bleibt auf seinem Posten! Aber nicht allein! Das universitäre Klinikum hat 14 Abteilungen. Geleitet von Spezialisten, die vor lauter Erlauchtheit kaum noch den Boden berühren. Ich werde sie erden, diese Hochbegabten, die mir immer mit diesem mitleidigen Ausdruck begegnen: ein Doktor nicht irgend einer Spezialdisziplin, sondern des Jurastudiums. Ein Professor ehrenhalber, aber doch nicht ernsthaft als Kollege anzusehen.

Wie oft hatten sie ihn gedemütigt mit den betonten Worten „Herr Doktor der Jurisprudenz". Wie oft hatten sie ihn spüren lassen, er sei ein Pfennigfuchser, der dem Sieg über die letzten Krankheiten mit seiner knauserigen Mentalität im Wege stünde!

Heute war er Herr der Stunde. Weil sie in dieser Geschichte die Vernagelten waren. Weil sie vor lauter Spezialistentum am zeitgeheilten Eid des Hippokrates schuldig geworden waren. Schuldig an einem Menschen. Und das wollte er ihnen eintunken. Deshalb hatte er diese Sitzung als „ höchst dringlich" einberufen. Obwohl es in letzter Zeit an dringlichen Konferenzen keinen Mangel gegeben hatte. Murrend waren sie gekommen.

„Schultheiß!", brüllte der Leiter der Neurowissenschaften. Hektor Degenhardt war mit einer Stimme gesegnet war, mit der er Speaker im britischen Unterhaus hätte sein können. „Schultheiß! Wir haben zu tun. Wir müssen aufräumen. Was soll die xte Krisensitzung in solcher Runde? Wir wissen auch so, was die Stunde geschlagen hat. Es geht um einen Imageverlust von gigantischen Ausmaßen."

Die große Stunde des Direktors

N un war sie da, die große Stunde des Verwaltungsdirektors. Er musste vor sich selbst zugeben: er hatte einst auch so einer von denen werden wollen, die er zusammengetrommelt hatte. Aber er hatte in sich nie genügend Monomanie gefunden, um ein Spezialist für einen Teilbereich des Medizinischen zu werden. Um nicht die Jahre des Studiums als vergeudet zu verbuchen, hatte er sich auf andere Dinge verlegt. Hatte sich spezialisiert auf die Verwaltung von Groß-Organisationen. Er schrieb darüber eine Dissertation. Darin empfahl er sich als eine Doppelbegabung, die zum Beispiel ein ärztliches Großklinikum mit der nötigen Fachintelligenz verwalterisch leiten könnte. Man nahm ihn mit Kusshand.

Schultheiß stand auf und straffte sich. Napoleon (von früh an ein verhasster Spitzname wegen unzureichender Körperlänge) musterte seine Armee Er wartete, bis das letzte Gemurmel erstorben war.

„Meine Damen! Meine Herren! Dies ist keineswegs die Krisensitzung Nummer soundso. Es geht nicht um ein Aufräumen. Nicht um ein 'Wir-schaffen-das!' nach bekanntem Vorbild. Es geht um das Überleben unserer traditionsreichen Einrichtung. Es ist, als ob die Charité moralischen Konkurs anzumelden hätte."

Mit beiden Händen wehrte Schultheiß den vereinigten Aufschrei zur Ruhe.

„Es ist nicht zu klären, ob es eine direkte Folge der

furchtbaren Turbulenzen ist, die unser Klinikum erschüttern. Tatsache ist, dass wir es fertiggebracht haben, einen Patienten in unserer Obhut fünf Jahre lang wie ein Stück Gemüse herumliegen zu lassen. Nicht wach, nicht tot, irgendwie dazwischen. Ich spreche von dem in Kreisen der Pfleger so genannten 'Patienten Dornröschen.'"

„Schultheiß!" Der oberste Neurologe klang wie ein getroffener Hund. „Sie können doch gar nicht beurteilen..."

Darauf hatte der Verwaltungsdirektor nur gewartet.

„Sie werden mich heute nicht erschlagen mit ihrem Abrakadabra. Sie sind zu fachidiotisch blöd, um mir zu erklären, warum ich seit ein paar Tagen in dem Gebäude, das gedacht ist für Nobelpreisträger-Besuche und hochgestellte Wissenschaftler, einen Menschen beherberge, dessen Geschichte uns zerschmettern kann. Weil die Möchte-gern-Nobelpreisverdächtigen aus unseren Reihen einen Menschen reduzierten auf ein Stück nicht funktionierender Hardware. Ohne ihn je mit der therapeutischen Software zu vernetzen."

Die Leiterin aller psychotherapeutischen Einrichtungen fand sich angesprochen. Sie trug den wunderbaren Namen Editha Conscientia und war gefürchtet ob ihres grundlegenden Misstrauens gegenüber allen einfach so frei herumlaufenden Menschen.

„Erklären Sie! Der Reihe nach. Möglichst ohne diese hyperbolische Art, die Sie so lieben und die mich beruflich zu interessieren beginnt."

Schultheiß richtete seine blutunterlaufenen Augen auf die zierliche Frau und atmete ein, als ob er sie quer einsaugen wollte.

„Wenn Sie andeuten, ich sei ein Fall für Ihre Abteilung

– ja! Ist möglich. Jedenfalls habe ich mir selbst in letzter Zeit oft den Puls gefühlt, je mehr ich dieser unglaublichen Geschichte auf die Spur kam."

„Nun los! Der Reihe nach! Ohne Schaum vor dem Mund! Und mit so wenig Bewertungen, wie es Ihnen möglich ist."

„Vor fünf Jahren hat ein Mann mit einer bis dahin unauffälligen Biographie unsere Abteilung Ophtomalgie aufgesucht. Er litt an einer nicht weiter bedenklichen Dystonie, die ihn vor allem ästhetisch beeinträchtigte: Er blinzelte so stark, dass viele bei seinem Anblick Anzügliches oder Schlimmeres hinter seinen Worten vermuteten. Und das in einem Beruf, der zwar in letzter Zeit furchtbar diskreditiert wurde, aber als höchstes Ethos die Verkündung der Wahrheit hat: er war Journalist. Sein Leiden hatte ihn schon von der Arbeit vor der Kamera vertrieben. Selbst sein altersgerechter Ausweg, künftige Journalisten in die Geheimnisse des Gewerbes einzuführen, war kein Ausweg. Er verlegte sich ohne Erfolg auf die Schriftstellerei. Dann hörte er von der Möglichkeit, dass die fortgeschrittene Augenheilkunde ihm helfen könnte. Er begab sich in unsere Hände. Bei einem ambulant gedachten Eingriff, wobei Botulinumtoxin, das stärkste Nervengift, verabreicht wurde. Und das war sein Ende. Er starb."

Totenstille. Schultheiß genoss die dramatische Pointe.

„Ist dies das Ende Ihrer Geschichte?"

„Es ist der Anfang. Mit dem kleinen Eingriff begann eine Leidensgeschichte, die das Wort 'Patient' (der, der sich zu gedulden hat) in eine kosmische Dimension steigerte..."

Editha hustete so durchdringend, dass der Leiter der Hör-Beeinträchtigungen aufmerkte. Peter Schultheiß straffte sich neuerlich und war erkennbar bemüht, den Schaum vor dem Mund innerlich niederzukämpfen.

„Ein Mann meines Werdegangs und meiner Berufung kann ohne Erröten ein Oxymoron von Orwellscher Wucht nutzen. Es geht um das Wort 'Wachkoma' aus der Serie 'Krieg ist Frieden' und 'Freiheit ist Sklaverei'. Nach dem 'kleinen Eingriff' in der Augenheilkunde wies der Patient, von dem ich rede, alle Symptome auf, die einer mit einer Flatline des Bewusstseins haben kann: 'apallisches Syndrom', 'locked in', 'in auswegloser Lage' mit seltsamen Resten von Lebens-Anzeichen, die kaum unterscheidbar schienen vom Tod. Aus der Augenheilkunde kam er in die ewigen Jagdgründe der Neurowissenschaftler. Denn der unglückliche Mensch bescherte ihnen etwas für sie Unwiderstehliches. In der Wüste dieses erloschenen Bewusstseins über einem Körper, der von Restreflexen wider alle Wahrscheinlichkeit vor dem Tod bewahrt wurde, konnte man nach Herzenslust forschen. All die fantastisch teuren Mess-Instrumente, deren Anschaffung ich mit zu genehmigen hatte: hier war das Feld, um eine Scharte der Medizin auszuwetzen. Denn es kommt erstaunlich oft vor, dass ein 'Wachkoma' fehldiagnostiziert wird. In bis zu 40 Prozent der Fällen."

„Schultheiß!" Der Leiter der Neurowissenschaften, der sich die ganze Zeit gekrümmt hatte in seinem Sitz, war nun trotz der Versuche, Haltung zu zeigen, nicht mehr zu halten. „Schultheiß! Sie reden Blech!"

„War mir klar..."

Editha sah sich gefordert.

„Warum habe ich nie von einem 'Patient Dornröschen' gehört?"

„Weil es eine stillschweigende Verschwörung aller

Neurologen gab. Hier war gewissermaßen eine Goldmine zu schützen gegen andere wie die, denen es nicht nur um Hirnströme ging. Hier war die wunderbare Möglichkeit, an solchen Mysterien wie Hirntod und weiß-der- Himmel-was-Anomalien der Verfassung unseres zentralen Leitorgans Hirn zu forschen. Das war anfassbar das Phänomen des Zombies. Ein mentaler Zustand ohne Zugriff auf sich selbst war zu erforschen mit der Frage: sind unsere Mess-Instrumente fein genug?"

Editha Conscientia war fassungslos.

„Aber dieser Patient, den Sie so poetisch benennen (obwohl männlich): er musste doch Angehörige haben? Nachfragen aller Arten auslösen? Einer kann doch nicht auf dem Gelände unseres Klinikums wie in Kafkas Schloss verschwinden!"

Peter Schultheiß wagte sich nun endgültig in die Position eines Chefanklägers der eigenen Anstalt.

„Frau Kollegin! Vielleicht erfassen Sie mich ja im weitesten Sinne des Wortes mit diesem Begriff. Sie wissen genau, welche Schwellenangst wir hier auslösen können, wie viel Kafka wir können. Welche Abwehr-Bereitschaft wir aufbringen, wenn es gilt, Patienten die Rolle von Störenfrieden zuzuweisen gegen weißes Gott-Gnadentum."

Er wies die Proteste in breiter Runde zurück. Zwar hatte er nicht die Stimme des Chef-Neurologen. Aber, wenn er wollte, doch beträchtliche verbale Energie.

„Soweit ich es recherchieren konnte: in den ersten Jahren haben die Angehörigen von Patient Dornröschen alles unternommen, um etwas über den Verbleib eines Ehemanns, eines Vaters, eines engen Verwandten zu erfahren. Aber die Neurowissenschaftler entschieden: der gehört uns. Mehr als zweihundert   Mal tagte ein

Gremium, das über Patient Dornröschen entschied. Und jedes Mal lautete das Urteil: noch nicht 'austherapiert.' Aus wissenschaftlichen Gründen weiterhin mit den lebenserhaltenden Systemen zu versehen. Hier konnte man Instrumente eichen, ein Beharren von erbarmungsloser Grausamkeit. Dazu half, dass von unserer Pathologie mit unleserlicher Unterschrift, aber dem Stempel des Instituts, ein Totenschein ausgestellt wurde. Das beförderte den Fortgang des munteren Treibens ungemein..."

„Schultheiß! Zügeln Sie Ihren albernen Moralismus!"

„Schon gut. All dies stand in so bemerkenswerten Gegensatz zu dem, was ich so eine Art Internationale der Pfleger nenne. Sie erfanden den Spitznamen 'Patient Dornröschen', nicht, weil sie auf 'sleeping beauty' abzielten. Es ging ihnen um den Schlaf, der im Märchen so eindringlich beschrieben wird, um ein wie von einer bösen Fee angehaltenes Leben. Sie hatten sich zu kümmern um Rest-Lebensanzeichen. Sie pflegten dieses bewusstlose Vegetieren. Sie merkten, wie er irgendwie zu reagieren schien auf Leonard Cohens 'Hallelujah', auf den Sänger mit der Grabesstimme. Auf Mozarts Kegelstatt-Trio, das ihm einer immer wieder vorspielte, weil es Zufriedenheit in seine blicklosen Augen zu bringen schien. Sie bezogen ihn ein in ihre Gespräche auf eine ironische Weise: heh Dornröschen, was sagst Du dazu? Das war gewiss auf unterster Ebene. Und doch meilenweit über dem bloßen Gebrauch eines Hirns für Messzwecke."

Schultheiß hatte ein Schweigen der Betroffenheit geschaffen, das ihn selbst anrührte. Mit weicherer Stimme fuhr er fort.

„Die Jahre vergingen. Dann brach über uns die

Katastrophe herein. Rückhaltlos hatten wir uns - und wir hatten da an der Spitze zu sein - der digitalen Welt geöffnet. Jeder glaubte , dass die Zerstörungswut, die damit einhergehen kann, vor unserer Schwelle Halt macht. Denn wir sind doch die Guten? Aber wir blieben nicht verschont...Wir arbeiten bis zur Erschöpfung in dem Katastrophenfilm, dessen Teil wir geworden waren. Es ging um ein Vorrang-System: was war zuerst zu retten, bei all der versagenden Technik? Wer konnte da sich kümmern um einen ewig Bewusstlosen? Ein winziger Kollateralschaden, so schien es. Ein Job mehr in der hoffnungslos überlasteten Pathologie.

Doch mitten in all diesem Chaos geschah ein Wunder. Der Mann, der an alle möglichen Systeme angeschlossen war, deren abgestimmtes Zusammenspiel seine Existenz sicherte, weigerte sich zu sterben. Ein seltsamer Triumph des Lebens mitten in dem allgegenwärtigen Tod, der über uns gekommen war."

Fassungslos fragte Editha:

„Und dieses Wunder soll in unseren Zeiten, da jeder vernetzt ist, unter dem Radar geblieben sein?"

„Es war natürlich nicht wie in einem Hollywood-Film: hoppla, ich übernehme wieder selber. Aber da war ganz klar ein Weiterleben, wenn auch auf vorerst kleiner Stufe. Die Pfleger brachten das Wunder zur Kenntnis ihrer Vorgesetzten. Sie wurden jedoch ungnädig abgeschmettert: kein Vorrang für diese Geschichte. Was in normalen Zeiten eine Sensation gewesen wäre: 'Patient erwacht aus Wachkoma' – es zündete nicht. Dornröschens Erwachen schien folgenlos.

In ihrer Not wandten sich die Pfleger an mich. Beinahe hätte ich sie auch abgewiesen: kommt mir nicht damit! Es gibt so viel anderes Elend! Aber dann erkannte ich die

Dimension dieser Geschichte. Der Fall hatte das Zeug, uns endgültig zu zerschmettern..."

„Schultheiß!" Der oberste Neurologe sprach jetzt mit ruhiger Eindringlichkeit. Das brachte ihm mehr Aufmerksamkeit als sein bisheriger Poltergeist-Auftritt.

„Herr Doktor der Jurisprudenz! Sie beschreiben uns als geistlosen Haufen von auf Spezial-Interessen gerichtete Einzel-Wesen, die keinen Überblick über die Enden ihres Wirkens haben. Nur Sie mit Ihrer fundamentalen Einsicht ragen heraus aus diesen geistigen Liliputanern. Weil einer, der verwaltet, turmhoch steht über denen, die ihr Leben unendlich differenzierter Wissenschaft geweiht haben. Woher nehmen Sie solche Hybris?"

Peter Schultheiß war jetzt der Mann im Fass auf den Niagara-Fällen, bereit für den Sturz in die Tiefe.

„Nein! Nein! Und abermals: Nein! Ich bin nicht der einzige Sehende unter den Blinden. Aber wegen meiner Aufgaben weiß ich vielleicht mehr als Sie, wie die Welt heute im Zeitalter der so genannten sozialen Medien funktioniert. Unser Mann für unseren medialen Auftritt wüsste es. Er hat sich mit Burn-out-Syndrom in eine Klinik am Starnberger See verabschiedet, zur Gesellschaft des Technischen Direktors, dem alles um die Ohren flog. Ein Wort an die Medien, wir hätten hier einen Wachkoma-Patienten, der nach fünf Jahren aufgetaut ist mitten im Chaos unseres digitalen Zusammenbruchs – und wir erleben einen verbalen Iguazú, der uns davonspült. Glauben Sie mir. Ungeachtet der Tatsache, dass ein Wachkoma von fünf Jahren keineswegs einen Superlativ darstellt. Es gibt Berichte über Jahrzehnte im Null-Zustand des Bewusstseins. Bitte lassen Sie mich zu den gesicherten Fakten kommen."

Eine nicht ironiefreie Welle der Zustimmung brandete

auf.

„Was in der Sprache der Pfleger 'Patient Dornröschen' war, wurde für mich vor wenigen Tagen ein Mensch. Der Mensch mit dem Namen Ernesto Harland. Er ist heute 74 Jahre alt. Als er zu uns kam, vor fünf Jahren und zwei Monaten, war er nach der Anamnese, die ich im Archiv einsehen konnte (dieser digitale Teil funktioniert noch) einer, der lebensbejahend wirkte, auf Reparatur einer kleinen Beeinträchtigung aus. Soweit er damals als Patient insgesamt überprüft wurde, war da keinerlei Beeinträchtigung. Die Sendepause seines Hirns, die ihn zur Laborratte machte, zu einem nur noch von Restnutzen für die Wissenschaft – ich weiß nicht, wo ich Schuld woanders verorten könnte als bei uns. Ich glaube deshalb im Namen aller hier Versammelten gehandelt zu haben, damit anzufangen, Schuld abzutragen. Ernesto Harland darf die Luxus-Villa für hochgestellte Wissenschaftler nutzen, hat neben weiterhin benötigten Pflege-Einrichtungen persönlichen Luxus wie Zugang zu allen Medien. Seinem wieder erwachenden Ich werden alle Rechte zurückgegeben. Er wird behandelt wie ein ganz besonderer Gast, mit Privilegien...“

Editha, die oberste Psychologin, sagte, honigsüß Verständnis vorgebend:

„Sie haben also Gott gespielt?“

Schultheiß wand sich wie ein aufgespießter Wurm.

„Bedenken Sie meine Lage. Alle, ich an meiner krankenhauspolitischen Front, waren gefordert, wieder Boden unter die Füße zu bekommen. Sie alle waren bis über beide Ohren im Überlebenskampf, für die Kranken, die Gesunden, unser ganzes System. Mitten in diesem Schlamassel fällt mir dieses Schicksal auf die Füße. Auch das noch! Nein, ich habe nicht Gott gespielt. Sondern so gehandelt, wie ich mich in der Pflicht sah. Im übrigen muss Gott ein seltsam unparteiischer Beobachter der Geschöpfe sein, die er geschaffen hat. Allein schon die Existenz unseres riesigen Reparaturbetriebs für das Leben beweist mir das."

Editha beugte sich aus dem Kegel des von oben kommenden Lichts nach hinten. Sie rang kurz mit der Versuchung, sich als die zu stilisieren, die ausgeschlossen und somit nicht beteiligt war. Doch dann riss sie mit einer Stimme, die fern von ihrem sonst forschen Duktus war, die Sache an sich.

„Wie haben Sie das Erwachen dieses Menschen nach fünfjähriger Ich-Abwesenheit wahrgenommen? Welche ersten Entscheidungen trafen Sie?"

„Es war natürlich nicht wie in Hollywood: Schaltkreis wieder geschlossen, hoppla, ich übernehme wieder. Aber es gab einen glücklichen Zufall. Unsere Abteilung für medizin-wissenschaftliche und historische Studien hatte aus freundschaftlicher Verbundenheit mit Cambridge einige der Apparaturen übersandt bekommen, die den verstorbenen Stephen Hawking in die stumme Schlussphase seines Lebens begleiteten. Ernesto Harland hat zunächst nicht sprechen können. Bevor Hawking in die Endphase seiner ALS-Erkrankung gekommen war, nur noch über das Zucken eines Wangenmuskels kommunizierte, gab es viele elektronische Helfer, die für ihn entwickelt wurden. Ernesto Harland konnte ein Gerät nutzen, dass wie ein Stimmverstärker an seinen Kehlkopf gehalten wird."

„Sie waren der einzige, der mit dem Patienten so geredet hat?"

„Der einzige außer seinen Pflegern. Ernesto Harland hat in kurzer Zeit erstaunlich viele Schritte zurück zu einem Bewusstsein gemacht. Obwohl noch ein weiter Weg zurück vor ihm liegt."

Der Verwaltungsdirektor ließ die Dinge ein wenig sacken. Die mitternächtliche Runde wirkte angeschlagen. Zufrieden über die Wirkung, die er erzielt hatte, schaute sich Schultheiß um. Dann sprach er besonders Editha an:

„Wenn Sie mich beschuldigen, ich hätte Gott gespielt: eines muss ich einräumen. Ich habe digitale Teufelei begangen. Ich habe diese Villa so ausgestattet, dass die ehemaligen Stasi-Typen in „Das Leben der anderen" wie jämmerlichste Anfänger wirken. Ohne jede datenrechtliche Basis kann ich alles mitverfolgen, was dieser erwachende Mensch elektronisch zu sich nimmt. Ernesto fragt mal wie ein Kind, die berühmten Warum-Fragen der Menschheit. Aber wie ein Kind, das sehr schnell lernt. Welches Kind allerdings fragt nach Rache für verlorene Jahre, für Wiedergutmachung? Ich habe es mit Erschauern gesehen. Die Frage auf Google: welches war die höchste Entschädigung für nachgewiesene Arztfehler? Wenn ich das sehe, weiß ich: wir haben Wiedergutmachung an diesem Menschen zu leisten. Wir müssen uns aber schützen, sollte er sein wiederkehrendes Bewusstsein zur Rache an uns nützen."

„Teufel auch!" Der Chef der Neurologie rieb sich das Gesicht mit den Händen. „Wir müssen dieses Wunder schnellstmöglich selbst bezeugen können. Editha! Du musst dabei die Federführung haben. Wann können wir diesen Ernesto Harland sehen?"

Dies war noch einmal die Stunde des Peter Schultheiß: „Jetzt."

Auftritt eines Toten

„**D**er Mann hat bisher noch keinen Schlaf-Wach-Rhytmus gefunden. Ich glaube, dass ein kurzer Auftritt vor diesem Gremium zulässig ist.‟

„Von Gnaden Dr. med honoris causa Schultheiß?‟

„Von Gnaden meiner Entscheidung. Mit dieser Begegnung und vor diesem Gremium enden alle meine einsamen Entscheidungen.‟

Peter Schultheiß drückte auf eine Taste an seinem Tablet. Die Tür zum kleinen Auditorium schwang auf. Ein Führungslicht ging an wie in einem Film mit Hauptdarsteller.

Zwei bullige Pfleger betreten den Raum. Sie sind die Vorhut für die Ein-Mann-Prozession, die nun folgt.

Ein erkennbar älterer, ja wohl alter Mann mit einer seltsamen Würde der Erscheinung kommt. Mit schleppenden Schritten. Alle erkennen: diese Bewegungen macht nicht ein Greis. Sondern einer, der sich selbst Befehle erteilt. Da ist eine Gestalt wie die eines Roboters der höchsten Stufe künstlicher Intelligenz. Dieser Eindruck verstärkt sich, weil der alte Mann den beiden nachfolgenden Pflegern signalisiert: nein! Ich muss nicht gestützt werden!

Die Wissenschaftler, die Zeugen dieses Auftritts werden, erschauern wie das Publikum in einem Film mit den raffiniertesten Effekten. Schultheiß weist neben sich auf einen Platz, den er freigehalten hat. Die Roboter-

Gestalt manövriert sich an die zugewiesene Stelle. Das Führungslicht verharrt darüber. Die vier Pfleger sind sprungbereit, aber passiv.

Schultheiß, der Regisseur dieses Auftritts, verkündet mit Stolz in der Stimme:

„Darf ich Ihnen vorstellen: Herr Ernesto Harland. Gewissermaßen ein homo genius loci. Seine in fünf Jahren eingerostete Stimme leiht er sich von einem bekannten Synchron-Sprecher. Bitte, Herr Harland!"

Die Gestalt führt ein kleines Gerät an den Kehlkopf. Die Augen fokussieren nicht. Alle erkennen die Anstrengung, die mit dem Sprechen verbunden ist. Über einen kleinen Drucklautsprecher ertönt eine wohlbekannte Stimme:

„Ich – grüße – alle."

Editha Conscientia ist überwältigt. Sie spricht im Namen aller:

„Wir grüßen Sie. Willkommen zurück im Leben."

Das Gesicht, auf das alle starren, scheint sich zu einem Anflug von Lächeln aufzuraffen. Obwohl der Blick eher nach innen gerichtet scheint als zu den Neugierigen.

Der Mann mit den grauen Haaren, die dringend nach einem Friseur rufen, spricht in das Gerät an seinem Kehlkopf. Er hat aber offensichtlich die direkte Umsetzung von Befehlen an die Stimmbänder ausgeschaltet. Das Gerät speichert und gibt dann zusammenhängend wieder.

„Das mit 'zurück im Leben' könnte noch übertrieben sein. Jedoch kann ich dies sagen: ich habe mich heute morgen beim Rasieren geschnitten."

Alle starren fasziniert auf das winzige Stück Pflaster an seinem Adamsapfel. Wieder führt Ernesto Harland das Gerät in dessen Nähe. Pause. Dann das Produkt der Stimm-Signale:

„Niemand kann ermessen, was in dieser banalen Aussage steckt: sich selbst zu rasieren. Ich weiß nun, dass ich fünf Jahre lang ein Zombie war, unermesslich weit weg von jeder Art von Selbststeuerung".

Dann legte der Mann das Gerät weg. Mit rostiger Stimme, in der man das lange Schweigen ahnen konnte, fügte er hinzu:

„Beten Sie für mich, das ich mich vollständig selbst wiederfinde. Für meine Rückkehr ins Leben."

Peter Schultheiß gibt den Pflegern ein Signal. Alle sehen, aufs Neue gefesselt, wie Harland in einem Rollstuhl Platz nimmt. Die Pfleger rollen ihn hinaus. Die Tür fällt ins Schloss mit einem einprägsamen Geräusch. Ende eines dramatischen Auftritts.

Wer rettet Dornröschen?

Editha Conscientia, die Frau, die alle insgeheim fürchten als die Instanz, die einteilt: wer gehört vor, wer hinter Gittern – sie ist von Tränen überströmt. Sie kann die Rührung kaum niederkämpfen. Endlich trompetet sie in ein erstaunlich großes Taschentuch, bei Patientenvisiten bekannt als „das Schweißtuch der Veronika".

Hektor Degenhardt glaubt seinen Augen nicht zu trauen. Editha , seine Editha, die er zu kennen glaubt, zu Tränen gerührt. Teufel auch! Ist denn alle Welt verrückt geworden?

„Editha, fasse Dich! Du musst uns helfen."

Die Chefin der psychotherapeutischen Einrichtungen versucht erkennbar, ihrer Emotionen Herrin zu werden.

„Ich habe nicht geglaubt, dass ich in meiner Lebensspanne so etwas erfahre. Mein oberstes Kriterium ist: besteht das vor dem Urteil der Vernunft? Ist das die richtige Ich-Steuerung? Verhalte ich mich nach den Kriterien meiner Zunft...und nun dies. Habe ich meinen Hamlet vergessen von den Dingen, die zwischen Himmel und Erde unerklärlich bleiben?"

„Editha! Dies ist nicht zielführend. Was muss jetzt geschehen? Schultheiß hat richtig gehandelt, indem er uns diesen Fall gemeinsam vor die Füße warf. Wir müssen zu Entschlüssen kommen."

Die Chefin der Psychotherapie, einer der größten Abteilungen, war nicht in diese Position gekommen ohne

Anführer-Eigenschaften. Sie erhob sich wie unter innerem Druck.

„Ich habe eine Eingebung. In meinem Bereich arbeitet als meine persönliche Assistentin..."

Aus dem Dunkel unterbricht eine kecke Stimme:

„Das arme Wesen!"

Editha wedelte das weg.

...als verheißungsvolle angehende Wissenschaftlerin, eine aus meiner Sicht noch junge Frau namens Carena Magiria. Es kann sein, dass ich ihr Leben zerstöre, indem ich ihr eine so große Aufgabe zuweise. Sie könnte diesen Ernesto Harland zurück ins Leben führen. Ihm helfen über die Lücke von fünf verlorenen Jahren. Ich möchte für diesen Gedanken ein Mandat von dieser Runde."

Auch hochbegabte Spezialisten können erstaunlich wegducken, wenn sie der prüfende Blick einer Editha Conscientia zu treffen droht.

„Ich brauche dieses Mandat besonders deshalb, weil wir Carena Magiria mit einem zusätzlichen Geheimauftrag in diese 'mission impossible' schicken müssen. Wenn sie zu dem Urteil kommen sollte, dass der wieder erwachte 'Patient Dornröschen' und seine Geschichte zur existenzbedrohenden Gefahr für uns wird, müssen wir die Richter sein, die darüber entscheiden, ob der Mensch in Freiheit bleiben kann oder nicht. Es wird, wenn er sein volles Bewusstsein wiedererlangt, wie eine Entscheidung über Leben und Tod sein. Das ist schließlich so oft unsere Aufgabe. Dieser Verantwortung stellen wir uns so oft, dass wir nur an schwarzen Tagen vor dem Ausmaß erschauern."

Peter Schultheiß wagte sich noch einmal vor:

„Rufen Richter nicht auch manchmal nach dem Henker?"

„Wir haben genug Zivilisationstünche, um es bei 'lebenslänglich' bewenden zu lassen."

Hektor Degenhardt schüttelte sich.

„Ich unterstütze den Vorschlag der Psychotherapie. Ich bitte um eine Abstimmung, damit dies den Rang eines gemeinsamen Beschlusses bekommt."

Alle Hände gingen nach oben. Irgendwie spürten alle: dies musste zu einem vorläufigen Abschluss kommen. Hektor Degenhardt nutzte seine raumfüllende Stimme.

„Ich muss ja wohl kaum noch betonen, dass nichts diesen Raum verlässt. Editha! Wir wissen, dass Du sagen könntest: Ihr habt mich nicht beteiligt. Bitte bleib unsere Beauftragte in dieser..." (er suchte nach einem Ausdruck und endete etwas matt) „...dieser unabsehbaren Geschichte."

Das „Du" in so öffentlicher Runde, dem langjährige Gerüchte vorausgingen, war noch eine der geringeren Sensationen dieser Runde, die schon den Morgen heraufziehen sah. Stühle schurrten geräuschvoll über den Boden.

Die seit einiger Zeit in den Straßen des Klinikums nächtlich verstärkten Sicherheitskräfte sahen verwundert im Grauen des Morgens einen Trupp hochbezahlter Spezialisten, die ihre Abteilungen suchten. Kameras drehten sich argwöhnisch und zeichneten eine Spur nach, die der Besatzung in der Monitor-Zentrale rätselhaft blieb.

„Aufzeichnung archivieren?"

„Ist sowieso vom Verwaltungsdirektor angeordnet."

Carena und Rip van Winkle

D ie zierliche Carena hatte eher die Anmutung eines Mädchens als einer voll erblühten Frau. Doch die viele lange Zeit   des Studierens aufeinander abgestimmter Fächer, die Jahre der Dissertation über ein sehr ausgefeiltes Thema, das Wirken als Assistenz-Ärztin hatten ihre Spuren hinterlassen.

Soweit es eine berufsbedingte Verbiegung gab: bei jeder Begegnung mit den anderen musste sie sofort analysieren: Lohnt dieser Mensch eine vertiefte Beziehung? Wie tickt er? Ist er aufrichtig zu sich und zu seiner Mitwelt? Oder lebt er, wie so viele heutzutage, in einem Roman seiner selbst und erwartet unentwegt Selbstbestätigung? Das hatte sie einsam gemacht, ohne dass sie sich das in ganzer Tragweite eingestehen wollte. Versuche mit Sex-Partnern stürzten sie in einen sich selbst beobachtende Rolle, die eine vertiefte Beziehung ausschloss.

Irgendwann war sie in den Dunstkreis von Editha Conscientia geraten. Da sie von Natur aus nicht rebellisch veranlagt war, war diese Beziehung erstaunlich harmonisch. Weil sie unausgesprochen eine Verheißung enthielt. Wenn Carena alle Prüfungen bestand, die tägliche Fron, all das Ertragen von Launen und die hohe Last von verantwortungsvollen Aufgaben, dann konnte sie sich in die Einsamkeit wissenschaftlicher Einsiedelei zurückziehen. Dann konnte sie sich habilitieren, hoffentlich nicht mit einem zu schweren Thema, irgendwie befreit vom Joch der praktischen Anwendung der Psychotherapie. Hin zu letzten Geheimnissen der Seele. Auf den Spuren der großen Lehrmeister.

Heute hatte Carena einen besonders anspruchsvollen Tag hinter sich. Auch in ihrem Bereich, der nicht unmittelbar so wie die Apparate-Medizin betroffen war, hatte der Zusammenbruch digitaler Netze tiefe Spuren hinterlassen. Träumerisch blickte Carena in den Park des Klinikums, der von einer ganzen Gärtnertruppe gepflegt wurde. Eine Amsel hatte sich eine strategisch gute Stelle ausgesucht und begann ihr variantenreiches Abendlied. Plötzlich war Carena neidisch auf ein Geschöpf, das so offensichtlich kreatürlich zufrieden war.

Heute hatte sie eine schwere Depression behandelt und als Ursache Liebeskummer gefunden, der selbstzerstörerisch zu werden drohte. Carena fiel das Wort von Carl Gustav Jung ein: „Es ist leichter, zum Mars vorzudringen als zu sich selbst." Wie angenehm, dass die deutsche Sprache so ungeniert das Wort „Seele" zulässt. Man kann sie mit Tucholsky baumeln lassen. Es gibt ganz ungeniert „eine Seele der Mannschaft". Seele hat Konjunktur.

Carena kuschelte sich in eine Decke und machte es sich auf eine Weise bequem, die gewiss unter scharfer Selbstbeobachtung nicht im richtigen Maß zu ihrer Erschöpfung stand. Wie viel wiegt eine Seele? Wir wissen das, seit Duncan MacDougal vor ein und einem viertel Jahrhundert, in diesen unschuldigen Zeiten des Forschens, Sterbende wog und aus der Differenz zwischen „noch da" und dem Tod auf ein Gewicht von 21 Gramm kam. Wenn er Recht hat, ist meine lebenslange

Beschäftigung mit dem Ding auf eine prekäre Basis gegründet.

Inzwischen sind Millionen, ach was, Milliarden davon überzeugt, dass ihr Smartphone eine Seele hat. Wann sind Maschinen mit künstlicher Intelligenz so weit, dass sie so etwas unglaublich Komplexes wie Angst haben können? Ein wahrhaft „intelligentes Auto" wäre doch eines, das sich morgens vor allen anderen im Berufsverkehr fürchtet und lieber in der Garage bleibt als sich ins Getümmel zu stürzen.

Pflichtschuldig hatte sich Carena an der Verfluchung der anonymen Geister beteiligt, die so etwas „Krankes" machten wie den Angriff auf Krankenhäuser. Aber im Grunde ihres Herzens war sie davon überzeugt, das selbst in so pervers scheinenden Aktionen etwas von der „prometheischen Scham" mitschwang. Die Scham des Einzelnen vor der überlegen scheinenden Maschinerie, die zur Selbstabdankung gegenüber scheußlich komplizierten Apparaturen zwingt - war sie nicht fast mit Händen zu greifen an dem Ort, an dem sie arbeitete?

Carena mahnte sich selbst. Du hast anarchische Gedanken. Schließlich gilt heute: Du sollst die Folgen deines Denkens lieber nicht durchdenken, wenn du als soziales Wesen weiter funktionieren willst. Wie schön, wenn dir aus so genannten „sozialen Medien" die Bestätigung entgegen kommt: Daumen hoch! Likes up! Wie viel schneller geht das als mit mühseliger Arbeit am allgemeinen Gut oder gar mit den Werkzeugen meiner schwierigen Kunst...

In diesem Augenblick brummte ihr Smartphone. Sie hatte es auf diese Stufe zurückgeschaltet. Nur noch für den ja immer zu gewärtigen Notfall, der zum Glück nicht so oft akut war im Bereich Psychotherapie.

Sie überlegte, ob sie den Anruf nicht „überhören"
sollte. Das ging schon deshalb nicht, weil die überlegene
Apparatur selbstverständlich festhielt, wann ein Anruf
war. Im Krimi ist niemand verblüfft, wenn der Kommissar
sagt : Der Anruf war um 19.37 und enthielt eine
Morddrohung, gepaart mit saftigen Flüchen, wobei das
Gerät im Planquadrat des Opfers eingeloggt war... Der
alte Scherz aus Studententagen: ich war da, allerdings
hinter der Säule – er ging nicht mehr.

Das Display zeigte eine von ihr kaum je benutzte
Nummer mit der zugefügten Adresse „Editha Conscientia
privat". Sie überlegte, wie sie sich melden solllte.
Entschloss sich dann zu einem zurückhaltenden, dennoch
vertraulich wirkenden „Carena. Wer ruft an?"

Einen Augenblick lang war da die alte Vorgesetzte, die
trocken bemerkte, schließlich habe sie ja diese Nummer
gewählt. Aber dann ein wärmerer Tonfall:

„Könnten Sie bitte so nett sein und in mein privates
Zimmer kommen?"

So, so. Editha Conscientia, deren sämtlichen Titel zu
nennen zeitaufreibend war, bat zu kommen. Nicht in ihr
Vorzimmer („lasset alle Hoffnung fahren"), nicht auf ihre
Couch (o Altvater Freud!), sondern in die Kemenate, von
der nur ein kleiner Kreis wusste, dass es sie gab. Nun
war sie schon so lange in kollegialer Nachbarschaft mit
ihrer Chefin. Scheu bewundert von anderen, dass sie das
aushielt. Doch einen solchen „Ritterschlag" (mein Gott!
Wie müsste die Sprache mal entrümpelt werden!) hatte
sie noch nie erhalten. Rasch überdachte Carena alles,
was in letzter Zeit auf der Station vorgefallen, auch all
die hektischen Entscheidungen der letzten Zeit. Sie
sprach sich selbst frei von Fehlverhalten.

„Moment. Komme gleich. Muss mir nur noch etwas

überziehen.“

„Bis gleich.“

Carena schlüpfte in eine Jacke und machte sich auf den unfernen Weg. Unterwegs dachte sie an berühmte Canossa-Gänge der Geschichte mit dem berühmtesten, legendär verbrämten „hier stehe ich, ich kann nicht anders!“ Eine schwarze Katze kreuzte ihren Weg. Aber sie hatte eine winzige weiße Stelle. Brauche ich das?

Sie durchschritt die Praxisräume bis in die fernen Tiefen (Untiefen?) und sah ein dekorativ verspieltes Schildchen über einer so richtig altmodischen Klingel mit dem Vermerk „ E. C. Privat“. Der Druck auf den Knopf löste die unverkennbare Melodie von „Du bist verrückt, mein Kind“ aus. Carena! Halt an Dich! Das musst Du nicht analysieren!

„Kommen Sie herein. Willkommen in meiner Fluchtburg.“

In dem anheimelnd wirkenden Raum waren Cocktail-Sessel, die nach Tütenlampen riefen. Allerdings waren ihre „Glühlampen“ ersetzt durch LED-Lichter, was ein Herabdimmen ermöglichte, das den alten Edison der Kohlefaser-Leuchten neidisch gemacht hätte.

Editha verschwand in den Untiefen eines altdeutschen Schranks und kehrte zurück mit zwei bauchigen Gläsern und einer Flasche Wein. Sie fuhr die Beleuchtung kurzfristig höher, um das Etikett zu studieren, und sagte in Vorfreude:

„Ein Schwarzriesling. Von meiner letzten Tagung an der Ahr mitgebracht.“

Editha begann den Prozess der Entkorkung in der Gewissheit, von solchen praktischen Prüfungen auf Lebenstauglichkeit für immer befreit zu sein. Carena übernahm. Obwohl sie wenig Praxis auf diesem Gebiet hatte, gelang ihr doch ein sattes „Plopp", mit dem der Korken seinen Widerstand aufgab.

Das angenehme Geräusch, mit dem die beiden bauchigen Gläser liberal gefüllt wurden, erfüllte den Raum. Wie gut, dass heute keine Patienten mehr zu versorgen sind...

„Prosit. Und nicht so schüchtern!"

Bevor Editha sich in eine Art Großvater-Sessel versenkte, stand sie noch einmal auf und holte von einem Regal, das geradezu ostentativ frei von Fachliteratur war, ein Buch vom Typ „Schmöker". Es staubte ein wenig, als sie die Seiten durchblätterte auf der Suche nach einer vorgemerkten Stelle.

„Carena!", sagte sie feierlich. „Kennen Sie Washington Irvings 'Rip van Winkle'?"

Carena schluckte den Wein und fragte zurück:

„War das nicht ein früher amerikanischer Autor, der gekonnt europäische Mythen und Märchen geklaut hat?"

Editha war enttäuscht, nicht in aller Epik eine Geschichte erzählen zu können. Aber natürlich konnte sie sich auf Carenas Bildung verlassen und auf eine gemeinsame Überzeugung, die amerikanische Psyche sei geprägt von einer verlorenen Welt als Schlüsselerlebnis. Rip -Rest in Peace...

„Nun ja. Zentrales Motiv ist ein Zauberschlaf. Rip van Winkle, irgendwie holländisch, ein fauler, nichtsnutziger Typ, verpennt in den Bergen zwei Jahrzehnte. Am Ende wacht er auf, ein lebender Anachronismus, sieht, wie sich alle im 'Hotel Union' streiten: wer ist Föderalist? Wer ist Demokrat? Er hat es fertig gebracht, die amerikanische Revolution und den Unabhängigkeitskrieg zu verschlafen. Und dann heißt es da wörtlich..."

Editha wechselte die Brille, was sie sonst zu vermeiden

wusste, und las mit starker Betonung:

„'Der arme Mann war jetzt ganz von Sinnen. Er zweifelte an seiner eigenen Identität und ob er selbst ein Anderer sei. Gott weiß es. Denn mit seinem Verstande war es aus. 'Ich bin nicht ich selbst – ich bin jemand anders, der sich in meine Schuhe gesteckt hat. Ich war gestern Abend ich selbst. Aber ich schlief auf dem Berge eine, und sie haben mir meine Flinte vertauscht. Alles ist verändert. Ich bin verändert, und ich weiß nicht mehr, wie ich heiße oder wer ich bin.'"

Editha nahm feierlich die Brille von der Nase und prüfte die Wirkung, die sie erzielt hatte. Carena war ein wenig ungeduldig. Das mochte ja alles erhellend sein, psychologisches Urgestein, Beleg dafür, wie gut Schriftsteller eine Seele aufspießen konnten wie die Typen, die Schmetterlinge sammeln. Aber was hatte es mit dieser Wein – Szene auf sich? War das eine Prüfung der besonderen Art? Sie wusste, dass ihre Chefin sehr erfindungsreich dabei war, ihr neue Aufgaben zu stellen. Der Tag war anstrengend gewesen. Komm zu Potte! dachte sie. Spuren dieser Ungeduld zeigten sich wohl in ihrem Gesicht.

„Schon gut, Carena! Ich werde gleich wesentlich. Zuvor möchte ich noch darauf verweisen, dass der deutsche Film 'Goodbye Lenin!' sehr gekonnt das Aufwachen in einer völlig veränderten Umwelt aufgreift. Und nun komme ich zur Auflösung dessen, was befremdlich scheint."

„Oh bitte!", sagte Carena wie ein Kind, dem eine gute Geschichte versprochen ist.

Editha sammelte ihre Gedanken. Sie schilderte die gestrige nächtliche Begegnung, die Verwaltungsdirektor Schultheiß erzwungen hatte. Sie berichtete von ihrer eigenen Begegnung mit Ernesto Harland ohne den Jargon ihrer Disziplin, ganz subjektiv. Räumte ein, wie sie selbst diese Begegnung mit einem aus dem Wachkoma Erwachten gerührt habe, bis hin zu Tränen über die Unbegreiflichkeit des Lebens. Gab die kargen Fakten: es waren nicht wie bei Rip van Winkle 20 Jahre. Sondern fünf Jahre, verdämmert an der Null-Linie des Bewusstseins, fast ununterscheidbar vom Tod.

Carena wusste gar nicht, wie prophetisch sie sprach, als sie nachdenklich sagte

„Wenn es heute einen Rip van Winkle gibt, dem fünf Jahre fehlen, und der von unserer heutigen Welt wieder angesprungen wird...Gnade ihm Gott!"

Editha sammelte allen Mut, trank die Neige und sagte dann:

„Carena! Ich habe ohne ihre Einwilligung etwas getan, wofür sie mich mich hassen werden."

Carenas Verpflichtung

Artig sagte Carena, das sei unvorstellbar. Editha stärkte sich noch mit einem weiteren Schluck Wein und stürzte sich dann in die Aufgabe, ihre Assistentin zu überreden, Ernesto Harland ins Leben zurück zu begleiten.

„Stellen Sie sich vor, Carena: da ist einer, der in Versuchung ist, sich wieder davon zu stehlen. Sie müssen ihm die Steuerung seines Lebens zurückgeben, sein Ich wieder aufbauen. Im Augenblick kann er wahrscheinlich nicht einmal eine Straße überqueren ohne Lebensgefahr. Weil er die automatischen Fähigkeiten des Kurzzeithirns, mit tausend Gefahren fertig zu werden, nicht mehr beherrscht. Ich hab ihn gesehen, wie er sich selbst Befehle gibt – ein zerstörtes Puzzle aus zigtausend Memory-Teilen. Denken Sie daran, was das - zusätzlich zur ärztlichen Herausforderung – für die Forschung bedeutet."

Carena fühlte sich bedrängt. Zugleich witterte sie mit der analytischen Kraft, die sie im Leben errungen hatte, das etwas mit diesem Auftrag nicht stimmt.

„Da ist also einer, dem wir Jahre seines Lebens gestohlen haben. Den soll ich reparieren, wieder zu einem funktionsfähigen Menschen machen, einen, der den höchsten Satz wieder lebt 'Die Würde des Menschen ist unantastbar.' Und wenn dieser Mensch nun an Rache denkt, weil wir schuldig geworden sind an ihm?"

Editha blickte auf den Grund des geleerten Glases. Sie wusste: dies ist nicht die Stunde, da man ausweichen kann. Sie suchte den Blick der Jüngeren.

„Es wird Teil Ihrer Aufgabe sein, diesen Menschen zu verantwortlichem Schweigen zu verpflichten. Wir können uns in der Lage, in die wir geraten sind, keine verzerrte Darstellung über uns leisten. Keinen Offenbarungseid. Der bestünde darin, dass man uns vorwirft, nicht ethisch korrekt an diesem alten Mann gehandelt zu haben."

„Als er zu uns kam, war er kein alter Mann. Nun sagen Sie selbst, dass er sich wieder davon stehlen könnte in sein Schattenreich, in dem er fünf Jahre lang nur durch Techniken der Apparate-Medizin am Sterben gehindert wurde. Wenn ich ihm sein Leben wieder geben soll, muss dies höchsten ethischen Ansprüchen folgen. Auf keinen Fall dürfen wir zu Wegschließern oder noch schlimmer: Mördern werden."

Editha seufzte und schniefte.

„Ich habe befürchtet, dass wir schnell zu diesem Punkt kommen. Mit dem moralischen Rigorismus der Jugend..."

Carena sprang auf. Ihr Glas zerbrach mit einem seltsam klirrenden Ton. Warum hatte sie zu Beginn dieses Abends so dunkle Gedanken gehabt? Waren nun all die vielen Jahre des Lernens, des Forschens, der Praxis mit so vielen Schicksalen vorbei? Weil sie sich selbst treu bleiben musste? Mit klirrender Kälte sagte sie:

„Ein solches Klischee aus Ihrem Munde, das vom 'moralischen Rigorismus der Jugend' – mehr wurde ich Ihnen nicht wert? Ich spüre den Versuch, benutzt zu werden. Nein, vielen Dank. Eine Aufgabe, die mich unfrei machte, ist nichts wert. Man unterschätzt allgemein die Provinz. Vielleicht geben Sie mir noch ein kleines Empfehlungsschreiben, wenn ich bedauernd verzichte."

Die oberste Leiterin aller psychiatrischen Einrichtungen hatte in ihrem langen Leben die Gabe des Weinens verloren. Nun war sie zum zweiten Mal in kurzer Folge zu Tränen gerührt.

„Ich habe es verbockt. Vielleicht haben die Hacker nicht nur Netzwerke,sondern auch mich als Lehrerin, als die, die anleitet, im Kern zerstört. Ich wollte eine Aufgabe delegieren, die ich nicht durchdacht habe. Mein Kind...“

Das war Carena über der Hutschnur.

„Ich war zwar Ihre Schülerin, aber nicht 'Ihr Kind'.“

„Ich hätte gern so eine Tochter. Aber ich habe mir ja selbst Antinatalismus auferelegt. Aus der Einsicht: solange der Mensch so ist, wie wir ihn analysieren, solange sollte man sich nicht reproduzieren. Das konnte natürlich nicht ohne bittere Reue sein. Und nun bin ich zu alt, um noch zu erleben, wie ein Kind, dem ich das Leben gegeben habe, zu einem Wesen heranwächst – so wunderbar, wie Sie das sind, Carena. Verzeihen Sie, wenn ich zur Versucherin wurde. Sie bleiben in einer Freiheit, die ich verloren habe.“

Carena blickte auf die rote Lache, die vom zerbrochenen Glas und seinen Scherben drohte, den hellen Teppich zu erreichen. Sie erinnerte sich an ein altes Hausrezept ihrer Mutter und verlangte Salz. Die beiden Frauen wurden hausmütterlich tätig.

„Autsch!“ kam von Carena. Sie hatte sich an einer Scherbe verletzt.

„Wie bei Dornröschen. Haben ich übrigens erwähnt, dass die Pfleger den Menschen im Koma 'Patient Dornröschen' nannten?“

„Kann ich noch einmal genau umrissen erfahren, was meine Aufgabe gegenüber diesem wieder erwachten Menschen wäre?“

Editha schmiedete das Eisen.

Ernesto allein zu Haus

In seiner luxuriösen Villa glaubte sich Ernesto Harland allein. Draußen war das Wetter nicht einladend. Woher habe ich den mundartlichen Ausdruck „uselig"? Na egal. Es wird Zeit für ein wenig Entspannung und eine kleine Lebensstrecke „dolce far niente".

Ernesto ahnte nicht, wie viele Kameras und Mikros jede seiner Lebensäußerungen erfassten. Auch den fröhlichen Furz, den er verdauend in den Raum entließ. Die Aufzeichnungszentrale verzeichnete ihn akustisch in Höhe einer kleinen Detonation.

Im Nachhall wurde Ernesto von einem Erinnerungsschock überfallen. Von dem Namen „Edgar Marsala" und seinem Furz („He damn near blew the roof off"). Es war in der Kapelle des „Ossenburger Memorial Wing", so unnachahmlich beschrieben von J. D. Salinger in „Der Fänger im Roggen". Ossenburger war mit Discount-Beerdigungen für ungefähr fünf Bucks pro Stück/Leiche zum Millionär aufgestiegen und hielt vor den Schülern von Pencey, wo er einst war, eine Rede, die gefühlt zehn Stunden dauerte. Man müsse ständig mit Jesus reden. Holden Caulfield, der Held seiner Jugend, stellte sich das plastisch vor. Wie der verlogene Bastard gerade den Gang wechselte und von Jesus „a few more stiffs" erhoffte. Mitten in diese salbungsvolle Rede kam der einzig gute Teil von diesem Edgar Marsala durch einen „terrific fart". Die Jungs platzten fast innerlich, wagten aber nicht zu lachen. Sie wussten: die Rache von

Headmaster „old Thurmer" wird furchtbar. Sie wollten 'old Edgar' überreden, mitten in dessen Zornesrede einen Kommentar gleichen Kalibers zu setzen. Aber er war nicht in der richtigen Stimmung.

Laut sagte Ernesto in den Raum hinein: „Warum kann ich mich an solche Dinge erinnern? Bis hin zu dem zerfledderten Penguin-Buch und seinen vergilbten Seiten. Warum weiß ch noch, dass meine letzte Recherche um den Tod von Nikola Tesla ging, dem Namensgeber für Elon Musks E-Auto-Firma? Warum ist mein Erinnern blockiert an die wahrhaft wichtigen Ereignisse meines Lebens? An das Leben mit meiner Frau, an die Tochter, an die Familie? Es ist, als habe eine böse Fee den Schlüssel dazu weggeworfen. Was ist mein Hirn, was bin ich wert, wenn dieser Teil meines Memory-Speichers unzugänglich bleibt? Lohnt es sich, auf läppische Dinge zu konzentrieren? Mein Schattenreich hatte immerhin den Vorteil, dass es nicht weh tat. Andere kümmerten sich um die restlichen Lebensregungen, wie kümmerlich die auch immer waren. „Patient Dornröschen" haben sie mich genannt. Was sind schon hundert Jahre Schlaf im Märchen gegen fünf Jahre Tod auf Probe?

Er drückte auf die Leertaste seines Computers, der so viele Funktionen hatte, dass er Angst vor ihm hatte. Das Gerät war in den Ruhemodus gegangen. Warum ruht es sich aus, wenn ich nichts von ihm will? Weil es weiser mit sich selbst umgeht als ich. Aber warte mal. Haben die, die mir die sagenhaften Möglichkeiten meines Hi-Tech-Tempels im Schnell-Durchlauf erklärten, nicht von einem Verbund „intelligenter Lautsprecher" geredet? Sie hätten sie sogar so geschaltet, dass die besten Antworten zum Zuge kommen bei den konkurrierenden Systemen.

Ernesto gehörte zu den altmodischen Menschen, die

eine Barriere davor haben, mit einer Maschine zu reden geschweige denn mit ihr zu diskutieren. Aber warum nicht Fragen stellen? Man kann ja immer noch zu dem Blechkameraden sagen: mein Gott, was bist Du blöd!

Laut rief er in den Raum hinein:

„Wann ist ein Blackout des Bewusstseins wahrhaft überwunden?"

Da er es verschmäht hatte, „Alexa", „Siri", „Cortana" oder „Google" mit Namen anzureden, war ihm nicht klar, wer nun eine Antwort gab. Die Stimme klang gemäßigt überschlau, so wie er sie dem kleinen Helferlein von Daniel Düsentrieb zugesprochen hätte.

„Die Antwort ist zu untergliedern in eine auf die sprachliche Logik und eine auf den Inhalt der Frage abzielenden Kern. Sprachlogisch ist ein Mensch, der eine solche Frage stellt, bereits wieder ein bewusster Mensch. Die Phase 'Blackout des Bewusstseins' ist überstanden. Die Neugier des Fragenden gilt der Rückschau und immanent der Sorge, es könnte durch eine längere Abwesenheit des steuernden Bewusstseins ein Schaden eingetreten sein. Daher die Nutzung des Begriffs 'wahrhaft', die eine Unschärfe in die begriffliche Wertung bringt."

Die antwortende Maschinerie machte eine Pause. Vermutlich aus didaktischen Gründen. Mein Gott! schoss es Ernesto durchs Hirn. Wie weit sind die schon? „Die" wer auch immer. Nun folgte Teil zwei der Antwort.

„Soweit die Frage abzielt auf komplexe Strukturen der menschlichen Psyche und deren Verstörungen kann die Frage nicht pauschal beantwortet werden. Hilfsvorstellungen untergliedern das humane Ich in ein Zusammenspiel von 'Es', dem Unterbewussten, zu dem auch automatisch ablaufende Reflexe gehören, und

'Über-Ich', das abgleicht auf gesellschaftlich vereinbarte Normen. Dazu kommen automatische und erlernte Reflexe, die zum Teil ablaufen ohne Willensanstrengung. Beherrschend ist die Bindung des Menschen an seine Biologie. Sie erlaubt keine größeren Freiheiten von Bedürfnissen wie Nahrungszufuhr, Unversehrtheit der körperlichen Verfassung gegenüber den einwirkenden Kräften, die von der Natur gesetzt werden oder ihr abgetrotzt werden. - Wenn eine weiter führende Antwort gewünscht ist, bitte ausdrücklich anfordern durch 'Ja, ich möchte mehr hören'."

Ernesto war hin und her gerissen. Einerseits wollte er diesem überschlauen Ding am liebsten die Kabel rausreißen. Andererseits war sein Forschungsdrang geweckt: Was war denn da noch zu erwarten? Also sprach er folgsam und in erforderlicher Lautstärke die Bitte aus.

Es knackte ein wenig, als habe das System einen Frosch im Hals (muss man sich mal vorstellen!). Dann ganz der erbarmungslos schlaue Zwerg Allwissend:

„Wie angedeutet in der Formulierung 'Bindung an die Biologie des Menschen' ist auch ein Modell der Eigen-Steuerung radikal nicht anthropozentrisch vorstellbar. Dabei rechnet so genannte 'künstliche Intelligenz' konsequent in die Zukunft fort. Eine komplexe Maschinerie der höchsten Stufe - ob sie nun äußerlich dem Modell Mensch folgt oder nicht - wird alle bisherigen Entwicklungen, alle Geschichte so hinter sich lassen, dass sie die höchste Instanz aller Entscheidungen wird. Darüber, wie die Ressourcen des Planeten genutzt werden. Sollte es dabei zu Auseinandersetzungen kommen mit dem bisherigen Verständnis von 'Leben' , wird die ihre eigene Vollkommenheit stets verbessernde

Intelligenz, die auch ihre eigene Reproduktion überwacht, den Sieg davontragen. Die eingangs gestellte Frage 'Wann ist ein Blackout des Bewusstseins überstanden' wird dann sinnlos. Denn eine den Menschen überwindende Instanz wird Fehler des Bewusstseins überschreiben..."

Blindlings griff Ernesto in den Früchtekorb, der ihm in seinem neuen Luxusleben täglich zustand. Er erwischte eine Banane. Deren aerodynamische Eigenschaften als Wurfgeschoss waren kümmerlich. Das gelbe Ding landete mit einem dumpfen Platsch an dem riesigen Flatscreen-Fernseher, der einen beträchtlichen Teil der gegenüber liegenden Wand einnahm.

„Arrogantes Arschloch!" schickte Ernesto hinterher. „Letzten Endes bist Du nur der feuchte Traum eines Stasi-Typen. Mit Deinen Weisheiten im Tausch gegen totalen Daten-Striptease."

„Verstehen als Ende der Einschaltphase?"

„Legt Euch alle gehackt!"

„Aggregatsform 'gehackt' nicht kompatibel mit vorgegebenen Mustern. Bitte beenden mit 'Ende!'"

„Das ist das Ende."

„ Bitte formal abschließen im Standard-Verfahren." „ENDE!"

Im Raum war eine köstliche Stille. Ernesto wusste nun: Apparaturen aller Art, ob nun mit oder ohne KI, konnten ihm nicht helfen.

Nun war ihm psychotherapeutischer Beistand versprochen. Durch eine jüngere Ärztin. Dieser seltsame Klinikdirektor, der ihn irgendwie adoptiert hatte, hielt das für eine außerordentliche Gunst. Denn die Ärztin sei die Assistentin der allerhöchsten Psycho-Tante.

Immerhin. Irgend etwas musste dieses Klinikum

umtreiben. Es musste sich schuldig fühlen. Wobei man ja wirklich nicht sagen kann, dass sie mich heilen konnten. Eher im Gegenteil. Wollen sie nun den zweiten Anlauf? An mir soll es nicht scheitern.

Ernestos Engel

Peter Schultheiß meldete sich über ein internes Netz bei Carena Magiria. Er schilderte, welche Möglichkeiten er geschaffen habe, an allen Lebensregungen des wieder erwachten Patienten Ernesto Harland teilzuhaben.

„Er ist garantiert völlig ahnungslos, wie er überwacht wird. Er hat da eine digitale Naivität, die schon wieder anrührend ist. Sie sollten sich das für Ihre Arbeit zunutze machen. Gewiss ist es ein Datenangriff der umfassendsten Art. Aber wir können das vor uns selbst rechtfertigen, dass es der Gesundung eines Patienten dient. Der von 'Patient Dornröschen' nach dem fünfjährigen Schlaf."

Mit schlechtem Gewissen, aber so von anderen und sich selbst überredet, loggte sich Carena aus der Ferne in die von Peter Schultheiß geschaffene Überwachung ein. Sie sah ihren zukünftigen Patienten in seinem luxuriösen Raum. Seine Haare waren etwas wirr. Die Augen hatten sich viel zu starr auf den Bildschirm geheftet. Das Mithören war so ausgesteuert, dass sie zusammenzuckte, als Ernesto geistesabwesend nach einer Fliege schlug, die sein Haupt unbotmäßig umtanzte. Und klar vernahm sie Ernestos Stimme, die mit einer Fliegenleiche abrechnete.

„Hab ich dich, du blödes Ding. Was suchst du auch Zuflucht in so einer Umgebung. Da bist du doch wie eine Erinnerung an alte Zeiten, da sie dir und deinesgleichen mit einer Leimrute nach dem Leben trachteten."

Ernesto wandte sich wieder seinem PC zu. Carena sah: ihr zukünftiger Patient hatte sich – wie vermutlich tausend Mal zuvor – an Google gewandt. Die Frage war: „Was war die längste Wachkoma-Phase?"

Google fand in 0,46 Sekunden 5940 Antworten. Bei vielen stand (Google kennt ja nur plumpe Vertraulichkeit): „Du hast diese Seite bereits am...besucht").

In der Einsamkeit seines Zimmers hatte sich Ernesto in letzter Zeit das laute Selbstgespräch angewöhnt.

„Als einer, der 'nur' fünf Jahre weg war, muss ich mich wohl ganz hinten anstellen. Mehr als zwanzig Jahre, Rekorde noch höher . Aber die Literatur darüber, in welcher Form sie wieder lebten, ist dünn. 'Apallisch' werde ich in meinen Wortschatz übernehmen. Stammt aus dem Griechischen und bedeutet wörtlich 'ohne Mantel'. Schwinge den Mantel des Vergessens...Ach Scheiße..."

Leider hing Ernesto im Selbstgespräch einer betrüblichen Neigung zu fäkalen Flüchen an. Wäre er ein Engländer, hätte er sexuell geflucht, was für die Lauscherin an der Wand auch nicht schonender gewesen wäre.

Carena sah zu, wie Ernesto Google schloss. Er suchte eine Seite „Meistbesucht" und loggte sich ohne jeden Passwort-Schutz in sein persönliches Tagebuch ein. In dem zögerlichen Rhythmus eines Zwei- Finger-Suchverfahrens sah sie zu, welche inneren Gedanken ihren künftigen Patienten bewegten.

Ernesto schrieb:

„Heute ist mein zwölfter Tag, an dem ich angeblich wieder voll unter den Lebenden, den Menschen mit erlebendem und erinnerndem Bewusstsein, an dem ich wieder da bin. Ich habe ja diese wunderbare Villa. Mein

Schlafzimmer öffnet sich auf einen blumenübersäten Garten von der Art, wie ich ihn mein ganzes Leben lang nicht hatte, weil nur Profis so etwas schaffen. Ich war davon überrascht, dass mir die Sonne in die Augen schien. Ich sagte laut und voller Vorfreude: 'Kommst Du mit? Auf den Golfplatz? Ich habe so ein Gefühl, ich werde heute das Inselgrün bezwingen, an dem ich immer so elend scheitere...' Ich drehte mich um. Da war niemand. Wie ein Fallbeil fiel mein neues Bewusstsein herab. Das Gefühl von Verlust war so heftig, dass ich an einen Herzanfall dachte. Ich hatte verdrängt, was nun mein neues Leben war. Vielleicht sollte ich mir die Technik von Ben Gant in Tom Wolfes' Schau heimwärts, Engel!' angewöhnen. Ben lebte in inniger Zwiesprache mit 'seinem' Engel. Wenn etwas geschah, sagte er anklagend zu seinem Engel: Nun hör Dir das an!'. Im Schauspiel, geschaffen nach dem Roman, hat Dietmar Schönherr den Ben gegeben, so unnachahmlich. Tom Wolfe hatte sein Buch 'eine Geschichte vom begrabenen Leben' genannt..."

Ernesto Harland speicherte und schloss die Abteilung „Diary". Carena, die Lauscherin an der digitalen Wand, glühte vor Scham. Was war heutzutage möglich? Das beginnt mit so banalen Dingen wie Facebook und endet bei einem so totalem Lauschangriff.

Aber nun weiß ich ja mehr, beschied sich Carena. Mehr, wie ich ihm helfen kann. Die Therapie ist vorbereitet und kann beginnen.

Wer erklärte Ernesto für tot?

Aber ehe es zu ersten Begegnung von Carena und Ernesto kam, zog neues Unheil auf. Es ging nicht nur um die psychischen Folgen eines ins Leben der anderen Zurückgekehrten. Ernesto Harland war mit Brief und Siegel des Klinikums ein toter Mann. So bezeugte es der Totenschein. Ihm folgte die Sterbeurkunde. Anschließend die höchste Stufe: Eintragung im Standesamt als „verstorben."

Verwaltungsdirektor Peter Schultheiß nahm Witterung auf. Welche Spuren führten wohin? Wo fing systematische Verschleierung an? Tot schien der Mann eine eben so große Last wie untot.

Wer zum Teufel hatte den Tod eines 69 Jahre alten Journalisten namens Ernesto Harland bescheinigt? Die Unterschrift war unleserlich. Allerdings war da klar und deutlich der Kopfeintrag der Abteilung Pathologie. Bescheinigt war das unerwartete Ableben nach einer Routine-Behandlung wegen *Blepharospasmus.* Der vierseitige Totenschein enthielt im offiziellen Teil klassisch Name, Zeitpunkt, Status. Bei der Frage: wer hat den Toten identifiziert? wurde auf den vertraulichen Teil verwiesen: „nicht zugänglich ohne Sondererlaubnis durch die Neuropathologie". Schultheiß seufzte abgrundtief. In der Pathologie gab es 160 Mitarbeiter, die sich jährlich 85tausend Vorfällen widmeten. Eine Überstellung an die Rechtsmedizin, die auf Antrag eines Staatsanwalts tätig geworden wäre, war als „nicht notwendig" angekreuzt.

Eigenartig war, dass die Gebühren für die Ausfertigung

des Totenscheins vom Klinikum übernommen worden waren. Vor der Ausfertigung gab es eine längere Pause. Heftige Proteste der Angehörigen waren unter einer Registrier-Nummer abgeheftet. Dabei war auch vermerkt, dass die Angehörigen ausdrücklich nicht wollten, dass der Leichnam des von ihnen geliebten Menschen für wissenschaftliche Zwecke zur Verfügung stand. Da Ernesto Harland zu Lebzeiten verfügt hatte, er wolle im Falle seines Ablebens verbrannt werden und eine Urne überreicht wurde, gab es verwaltungstechnisch keine weiteren Probleme.

Vorsichtig erkundigte sich Schultheiß im Kreis seiner Freunde, die wie er hohe Posten in der Verwaltungs-Hierarchie bekleideten. Da waren der Bürgermeister seines Stadtbezirks, dessen Kämmerer und noch ein paar trinkfeste Typen in Instituten mit hohem Verwaltungsaufwand. Die pflegten sich in „Brahms Keller" zu treffen.

In diesen Kreisen war es, dass Peter Schultheiß die Phantasie beschwor. Man könnte doch mal...nur so ganz theoretisch...sich mal vorstellen, einer ginge verschütt in seinem riesigen Klinikum, kleiner Irrtum, der ja mal vorkommen kann... und wenn der dann nach fünf Jahren anklopft: April, April, holt mich hier raus...ich war nur scheintot...

Insbesondere bei den Jungs von den Gesundheitsbehörden kam das gar nicht gut an. Die Rechtsmedizin des Klinikums war verhasst weit und breit, weil sie die hochmütige Instanz war, die das letzte Wort in Sachen Aufklärung über Todesfälle beanspruchte. Wie oft hatte sich die Kripo hierhin gewandt um das Urteil ihrer eigenen Rechtsmediziner überprüfen zu lassen?

„Nee, nee," sagte einer der höchsten Beamten mit

etwas schwerer Zunge. „Wenn da der Wurm drin liegt, wenn einer für tot erklärt wurde – das ist dann ein ganz dicker Hund. Tot ist tot. Nee, nee! Peter! Den kriegste nicht wieder zurück ins Leben."

Der Bezirksbürgermeister meinte, der Stress müsse ja furchtbar sein, wenn einer so makaber herumspinne, so mit scheintot à la Edgar Allen Poe...

„Trink lieber noch einen! Wir sind zwar nur in Brahms und nicht in Auerbachs Keller. Aber das Motto gilt (hier begann er mit krächzender Stimme zu singen):

'uns ist ganz kannibalisch wohl/
als wie fünfhundert Säuen".

Seine kollegialen Freunde baten ihn inständig, von weiteren Sangesversuchen abzulassen. Peter Schultheiß ahnte: das wird böse enden. Dennoch sagte er:

„Fack ju Göhte. Die nächste Runde geht auf mich. Wie war das noch mit dem Altmeister? 'Ein echter deutscher Mann mag keinen Franzen leiden/Doch ihre Weine trinkt er gern'. Geht auch nicht mehr durch die Zensur."

Nach der Nacht in „Brahms Keller", in dem der Wein floss wie in „Auerbachs", hatte der Verwaltungsdirektor einen mittelschweren Kopf. Er überlegte, ob er die vorgesehene Therapeutin damit belasten sollte, dass ihr Patient eigentlich ein toter Mann ist.

Was für ein Schlamassel! Nein, nein! Sie soll sich konzentrieren können auf die Psyche dieses zu reparierenden Mannes. Er hatte ja schon erfolgreich begonnen, die Lasten zu verteilen. Wir müssen erst einmal auf Sicht fahren. Das hatte sich verwaltungstechnisch stets bewährt.

Ohnehin dauerte es noch etwas, bis die Reparatur beginnen konnte. Ernesto wurde durch viele Stationen geschleppt mit einem gründlichen Check-up seines körperlichen Status. Die meisten Dinge überstand er mit einem Urteil: „in Ansehung des Alters nicht stärker zu beanstanden". Nur der Orthopäde war unzufrieden. Mangel an Bewegung und Koordination. Aber da der Mann seine prägenden Jahre bei der Bundeswehr verbracht hatte und notorisch unzufrieden war mit der Leibesertüchtigung seiner Mitwelt, galt dies als nicht weiter bedenklich.

Die Therapie beginnt

Ort der ersten Begegnung zwischen Patient und Ärztin war auf dem Gelände des Klinikums das bescheidenen Häuschen des Chefgärtners. Der war im Urlaub. Carena wusste um die digitale Durchlässigkeit von Ernestos Luxusvilla. Sie selbst hatte kein Reservat außerhalb ihrer bisher genutzten Praxisräume.

Ernesto war ein wenig verwundert, als ihm gesagt wurde, er solle sich in einem auf dem beigefügten Plan angekreuztem Häuschen einfinden. Aber er machte sich gern auf den Weg, um verschüttete alte Findigkeiten zu testen. Ganz einfach: von seiner Villa 600 Meter, dann rechts halten, kleiner Pfad, zwei Mal links neben Nuklearmedizin und Radiologie in Richtung universitäres Herzzentrum...Ein Glück, dass sie ihm ein Navi mitgegeben hatten, dessen Blinken ihm den rechten Weg wies. Er kam etwas außer Atem an in diesen Irrgarten medizinischer Abteilungen. Einige hatten so komplizierte Namen, dass man sie googeln müsste...

Carena war in diesem Hase-Igel-Spiel schon da. Sie wusste: dieser Mensch liebt preußische Pünktlichkeit. Das gehört zu seinen Charakteristika. Ihr frühzeitiges Eintreffen sicherte ihr den Vorteil, vor der Fenstertür zur Terrasse zu sein. Ernesto war ein wenig außer Atem noch. Zu einer Silhouette machte er den Gag, auf den er sich schon lange freute:

„Dr. Livingstone, I presume?"

„Dr. Carena Magirius. Man musste mich nicht mit 200 Mann am Ufer des Tanganjika-Sees suchen. Diese

Begegnung ist vorbestimmt.''
Sie streckte die Hand aus. Ernesto verneigte sich leicht und ergriff sie.

Wenn sich zwei Menschen erstmals begegnen, fließt ein unsichtbarer Datenstrom von einer Dichte, die Mathematiker neidisch macht. Wie kann es sein, dass eine Energie schnell wie der Blitz abtastet, Urteile (oft vorschnell) fällt, ein Raster schafft für Zu- oder Abneigung, das nur mühsam korrigiert werden kann? Welche geniale Urkraft ist da aktiv? Sie speist sich aus dem Zusammenfluss von Eindrücken aller Art.

Was sah Ernesto?

Eine nicht mehr ganz junge Frau mit mädchenhaften Zügen. Die Fältchen um die Augen künden davon, dass sie sehr viel Zeit mit Studieren, Forschen, Lernen verbracht hat. Der Mund von der Fähigkeit zum Humor, auch Ironie und Spott, gezügelt von einer Ernsthaftigkeit, die sich den Menschen zuwendet. Die Frisur ohne jede künstliche Anstrengung, blond mit ein paar winzigen grauen Spitzen. Die Figur: schlank, doch nicht weiter sportlich. Die Miene: zugewandt, aber nicht aus spontaner Empathie, sondern wie ein lebendes Helfer-Syndrom. Die Stimme : geschult und vermutlich sehr nuancenreich, ohne Sprechtechnik, vielleicht musikalisch, obwohl ich sie mir nicht vorstellen kann, wie sie ein Lied singt. Ist sie sexy? Sie schlägt Männer ihrer Altersklasse eher in die Flucht. Weil sie die Anstrengung spüren, die nach erster Annäherung kommt. Ich glaube, ich werde mich auf eine hoffnungslose Weise in diese Frau verlieben, wobei sie mühelos die Distanz herzustellen weiß.

Was sah Carena?

Einen – nehmt alles nur in allem – älteren Mann mit

stubenbleicher Haut, obwohl eine Restbräune von früheren Aktivitäten kündet (er war mal Golfer!). Die blaugrauen Augen zwinkern nicht (wenigstens in der Hinsicht war die Behandlung positiv). Die Haare grau, aber füllig. Die Züge insgesamt mit einem Anflug von Wehmut – einer, dem das Leben einen Dämpfer verpasst hat. Er versucht zu überspielen, was ihm spontan fehlt: an Lebensfreude, an Optimismus. Die Bewegungen etwas täppisch wie von langem Nichtgebrauch der Glieder. Die Brille sitzt etwas schief auf der Nase, die Rasur (wohl zu meinen Ehren) war scharf und gründlich. Er sieht so aus wie einer, der jetzt gleich mit seiner Bildung beeindrucken will und Probleme hat, Zuhörer zu finden. Ja, ganz klar: einer, der meine Hilfe braucht, weil er eine seelische Verletzung hat. Einer in einem Ausnahme-Zustand seines Menschseins, wobei gerade das ihn ärgert. Kann man mit ihm Pferde stehlen? Nur bedingt. Scheint nicht der große Praktiker. Aber er wüsste genau, welche Sorte Pferde den Diebstahl lohnen, weil er darüber was gelesen hat...

Carena wusste: Sie musste jetzt den Tonfall für ihr erstes Gespräch setzen.

„Ich weiß um Ihr besonderes Schicksal. Fünf Jahre tot auf Probe und dann der Rücksturz ins Leben – wie soll man so etwas verkraften? Ich habe keine medizinische Erklärung. Ich verspreche Ihnen: kein Wort im üblichen Jargon meiner Zunft. Es gibt keine Lehrbuch-Vorgaben. Vielleicht freut es Sie, wenn ich Emily Dickinson zitiere: 'das Hirn ist größer als der Himmel, tiefer als alle See, so schwer wie Gott an Gewicht'.“

Donnerwetter! dachte Ernesto. Sie versteht es mich zu beeindrucken. Wie kann ich gegenhalten?

„Es gibt dieses wunderbar absurde Wort, das irgendwo

mal an einer Wand stand: Haltet die Welt an! Ich will aussteigen! Weg war ich – wie man mir sagt: fünf Jahre lang. Einer raus aus dem Karussell des Lebens. Dann kam dieses Angebot: kannst wieder einsteigen! Ich war ein Journalist. Einer, der unentwegt die Nachrichten verbreitet. Also habe ich Schularbeiten gemacht über die mir fehlende Zeit. Wie ein Besessener. Und fand meinen Erich Kästner bestätigt. Der hat sich mal selbst die Frage gestellt: Wo bleibt das Positive? Ja, antwortete er sich selbst, ja, weiß der Teufel, wo das so bleibt. Die Zeit liegt im Sterben, bald wird sie begraben – und da wollt Ihr, dass ich hübsch zusammenreime, was es so zusammenhält..."

Die Psychotherapeutin sah sich gefordert. Auf keinen Fall durfte dies zu einem Kolleg über Hamlets „die Welt ist aus den Fugen" werden. Deshalb führte sie beharrlich wieder zurück.

„Sie sind ja offensichtlich mit der Kraft zum Nachdenken über sich selbst ausgestattet. Wo liegt zwischen Ihrem Weiterleben da draußen und ihrem gegenwärtigen Status das größte Problem?"

Ernesto spürte, wie er vom großen Chefankläger der Zeitläufte auf seinen Fall zurückgeführt wurde. Er nahm die Pose an, die ihm jetzt half, die Dinge zu bewältigen.

„Ob nun wiedererworben oder aus dem Fundus: ich glaube, ich habe so viel Wissen, wie man braucht, um das Schiff des Lebens wieder allein zu steuern. Ich habe erstaunlich viele unnütze Kenntnisse. Aber wenn ich hinabtauche zu mir selbst: da ist eine Leere, die mich disqualifiziert als fühlender Mensch. Ich habe keine Erinnerung an das, was mein Leben eigentlich ausmachte. Nicht an die Gemeinsamkeit mit meiner Frau. Ich glaube: es gab eine lange Zeit, in der ich nur wirklich etwas erlebte, wenn ich das mit ihr teilte. Aber dieser Teil meines Hirns scheint erloschen...nun ja! Man kann eben nicht alles haben."

Die Therapeutin wusste: jetzt muss ich das Messer wetzen! Ihm eine Keule über den Kopf hauen!

„Genau da liegt die Gefahr. In dieser sentimentalen Gemütsverfassung. Einer schaut sich selbst gerührt zu. Er will nicht ernsthaft mehr handeln. Die Melancholie, mit der er aus sich selbst ein Dauer-Selfie macht, ist in Wahrheit eine Pathologie der Normalität."

Carena hatte bewusst die kaum begonnene Beziehung an diesen möglichen Bruchpunkt geführt. Wenn sie helfen sollte, musste es wehtun. Die seelische Arbeit musste an den delegiert werden, der sie vor allem zu leisten hatte.

Ernesto spürte: jetzt wird sich entscheiden, ob dies eine Zukunft hat. Einen Augenblick lang liebäugelte er mit der Idee zu schmollen: die Welt hat mich übel behandelt, soll die sich doch bei mir entschuldigen. Dann aber ergriff er die Chance.

„Was muss ich tun?"

Die Betonung lag nur ganz leicht auf dem „ich". Aber Carena spürte: ja, er will. Er will seinen Teil leisten. Sie schmiedete das Eisen:

„Sie haben ein langes Leben verbracht mit dem Versuch – wie es Ihr Kästner formuliert hat – sich die Welt zusammen zu reimen und darüber zu berichten. Nicht mit den Mitteln der Kunst, sondern mit denen des Handwerks. Sie waren ein Mann der Nachrichten (und haben immer damit leben müssen, dass die Welt die Boten nicht liebt, allenfalls gelernt hat, sie nicht gleich zu erschlagen). Sie hatten auch noch das Glück, die Botschaft doppelt zu vermitteln: In Bild und Sprache bei Ihrem Medium, dem Fernsehen. Sie wollten immer der

Bote der Neuigkeiten sein. Als alles immer komplizierter wurde, ging es Ihnen um das magische Wort: Hintergrund. Jetzt müssen Sie, das Subjekt, sich selbst zum Objekt werden. Sie müssen noch mehr Schularbeiten machen."

„Und wie?"

„Ich möchte, dass Sie die wichtigsten Stationen Ihres Lebens bündeln und im Rückblick lebendig werden lassen. Ohne Google. Ohne Wikipedia. Nur mit der Frage: wie habe ich das erlebt? Und wie hat mich das verändert?"

„Ganz ohne Wikipedia?"

„Schaffen Sie sich selbst Einträge, die vor Ihrem höchsten Zensor besten: vor Ihrem Ich! Vor Ihrer Erinnerung. Denn die ist der wahre Motor unseres inneren Lebens. Sie ist ein genialer Trick."

„Ein Trick?"

„Ein von uns Menschen erfundener Trick, um das Gesetz von der Unumkehrbarkeit der Zeit zu widerlegen. Zeit scheint stur in eine Richtung zu laufen. Indem wir uns erinnern, schlagen wir der so stur voranschreitenden Zeit ein Schnippchen."

Ernesto sah einen Widerspruch.

„Braucht man da nicht ein Kontinuum des Bewusstseins? Eines ohne ein Loch von fünf Jahren ?"

„Nichts da! Hier wird nicht geflüchtet. Es geht nicht um die fünf verlorenen Jahre. Es geht um ein ganzes Leben. Wie es sich gespiegelt hat im Seepferdchen."

Ernesto stand auf dem Schlauch.

„Verdammt. Wo?"

„Im Hippocampus. Die Hirnforscher erfanden den Ausdruck wegen der Ähnlichkeit dieser Hirn-Teilregion mit dem Tierchen. Hier verorten sie den Sitz der Erinnerung."

Ernesto lächelte. Ich und das Seepferdchen. Ganz einfach. Carena war nun siegesgewiss: Ich bekomme ihn zu fassen. Er ist nicht Thomas Crown. Ich nagele ihn fest. Eindringlich sagte sie:

„Zum Teufel mit den Hirnforschern. Am liebsten bohren sie uns Drähte ins Gehirn auf der Suche nach dem Reflex, bis sie alles kartiert haben. Wie auch immer: Irgendwo und irgendwie haben Sie im eigentlichen Sinne überlebt. Wir beide werden systematisch in den Grüften Ihres Lebens graben. Wobei Sie keine Angst haben müssen, jetzt werde zensiert: was war wahr? Was falsch? Das Gedächtnis ist ein Opportunist, filtert, was es so gebrauchen konnte und stößt ab, was nicht gefiel. Aber es geht nicht um den Lackmus-Test: was ist Wahrheit, was Schein oder Selbstbetrug? Es geht um Arbeit. Um die Arbeit des Erinnerns: wie habe ich das erlebt?"

„Ich bin bereit. Bis zu unserer nächsten Begegnung will ich nachdenken, wie ich mich selbst gesehen habe... und sehe..."

Sie verabschiedeten sich voneinander   in tiefer Nachdenklichkeit.

Des Freundes Rat: Töte ihn!

Aber was ist das schon die Idee, jemand per Therapie seiner Seele zu heilen, wenn dieser für die Welt gestorben ist? „Tot ist tot" hatten die Kerle in „Brahms Keller" verfügt. Es sei denn, man macht „doch nicht tot" zu einer Sensation. Genau das war zu vermeiden. Was also tun?

Haben Verwaltungsdirektoren Freunde? Peter Schultheiß hatte viele Bekannte von der Sorte, die man in „Brahms Keller" trifft. Aber nur einen Freund. Einen, mit dem man auch einmal gemeinsam schweigen kann. Mit dem er Schach zu spielen pflegte. Am liebsten bei Beethovens Klavierkonzert Nummer 1.

Dieser Freund war der Teilbezirks-Stadtkämmerer Erik Freger. Entweder in dessen Haus oder in der Schultheiß-Villa auf Klinikum-Gelände trafen sie einander. Wobei die Sache mit dem Schachspiel leider rituell zuungunsten von Peter Schultheiß ausging.

Da man zum etwas gehobeneren Spiel auf verzwickte Weise vorausdenken muss, was sich nach dem nächsten Zug des Gegners an Konstellationen ergeben, er aber diese Art von Vorausdenken nicht beherrschte, verlor er mit schöner Regelmäßigkeit. Was seinen Eifer nicht dämpfte.

Erik zog an seiner Zigarre (sie waren im Wintergarten) und sagte (wie er es so oft tat).

„Schach! Matt in drei Zügen!"

„Schon wieder?"

„Logik des Spiels."

„Und wenn Du Dich in meine Lage versetzt? Ist da für

Schwarz noch was drin?"

„Tut mir leid. Schwarz hat sich in eine miese Lage gebracht, da hilft alles nichts."

Feierlich legte Peter den schwarzen Monarchen zur Grabesruh.

„Noch ein Spiel?"

„Tut mir leid, Erik. Du wirst gemerkt haben: ich habe den Kopf nicht frei für Schach. Ich brauche Deinen Rat in Sachen 'tot sein'. Im richtigen Leben..."

„Du wirst doch nicht unser Spiel mit scheußlicher Symbolik befrachten? Spukt das immer noch in Deinem Kopf herum, was Du neulich im Keller mit den Jungs als frivoles Gedankenspiel getrieben hast?"

Es war die Steilvorlage für einen innerlich Bedrängten. Beethoven war fertig. Peter Schultheiß auch. Mit den Nerven. Er fasste sich ein Herz. Er wusste sich einem Freund gegenüber. Und erzählte die ganze Geschichte. Die fünf Jahre im Wachkoma. Die Rückkehr eines schon tot Geglaubten. Die mögliche Verschwörung der Neurologen und der Hirnforscher. Die Irreführung der Behörden. Wie sich all das verknüpfte mit dem Chaos, das Hacker im Digitalsystem des Klinikums geschaffen hatten. Beim Erzählen fiel ihm eine Last von der Seele. Wie würde ein verwandtes Juristen-Hirn ticken?

Als er geendet hatte, war die Nacht angebrochen. Freund Erik schwieg. Peter schaltete eine Stehlampe an.

Geistesabwesend stellte Erik Freger die Figuren wieder aufs Schachfeld. Nahm den schwarzen König in die Hand.

„Wenn man's genau nimmt, hat so ein König ein unfreies Leben. Viel selber machen kann er nicht, und wenn seine Leibwache nicht auf ihn aufpasst, ist es um ihn geschehen. ...Du willst wissen, was man da tun muss in der Causa Ernesto Harland?"

„Mit einem guten Rat könntest Du Dich um mein Seelenheil verdient machen."

In diesem Augenblick erinnerte sich Peter Schultheiß daran, dass sein Freund ein absonderliches Hobby hatte. In seiner nicht dem Schachspiel gewidmeten Freizeit schrieb er „Krimis" von erstaunlicher Blutrünstigkeit. Und richtig: die Sache ging in Richtung kriminelle Phantasie.

„Peter! Dein Mann ist tot, mit Schein, Vermerk in allen einschlägigen Registern. Er könnte übrigens Verbrechen aller Art begehen – ohne Spuren. Die Forensiker zum Wahnsinn treiben. Du musst dafür sorgen, dass der offizielle Status dieses Mannes mit der Wirklichkeit in Übereinstimmung gebracht wird. Kurz: kill him!"

Erik wusste, wo sein Freund die CDs aufbewahrte. Er suchte und fand die Klaviersonate Nr. 2 von Frédéric Chopin, den Marche funèbre in b-Moll. Zu solcher Musik waren Leonid Brechnew, Jossip Tito, John F. Kennedy, Winston Churchill und Margaret Thatcher zu Grabe getragen worden.

Freund Peter hörte zu in einer wunderlichen Mischung aus Entrüstung und klammheimlicher Faszination.

„Erik! Wo bleibt Deine Empathie für einen Menschen! Noch dazu einen mit so einem Schicksal. Da sprach der Krimi-Autor aus Dir. Nicht der alles wägende Mensch. Im Übrigen lasse ich diesen Ernesto gerade mit aufwändigster Therapie reparieren. Das wäre für die Katz!"

„Kollateralschaden! Denk an die Vielen, für die Du Verantwortung hast."

„Ich gebe ja zu: ich bin nicht frei von mörderischen Anwandlungen. Der Mann ist Journalist. Er könnte mein Klinikum (da bin ich nicht frei von väterlichen Gefühlen) in die Luft sprengen. Ich sehe schon die Schlagzeilen vor mir: 'Irre Psychiater ließen Patienten im Koma', „Fünf Jahre im Kerker der Hirnforscher', 'Sie stahlen ihm Jahre seines Lebens' und so grimmig weiter...Erik! Ich bin am und im Arsch!"

Freund Erik zuckte zusammen. Der Herr Direktor, der so viel Wert auf Umgangsformen legte, mit so einem fäkalen Fluch. Der Mann, der Herr der Verwaltungs-Abläufe war, ohne Haltung. Die Sache musste ihn schlimm beuteln.

„Ich räume ein: in meinen Romanen ist da immer ein preiswerter Typ, den man als Mörder dingen kann, wobei man nur aufpassen muss, nicht als Auftraggeber entlarvt zu werden. Aber so rein praktisch – wie man das so macht, da mogele ich mich durch. Vielleicht hängt mein schwacher Erfolg beim Vermarkten damit zusammen, dass ich im wahren Leben noch nie einem Mörder bei seinem Handwerk zugeschaut habe. Meine Leichen sind nicht scheintot sondern harren als stumme Zeugen der Aufklärung von Verbrechen..."

Sein Freund bat ihn, das Mord-Motiv fallen zu lassen. Sein Fall „Patient Dornröschen" müsse auf zivilisierte Weise zu einem Abschluss kommen. Außerdem:

„ Wenn das ein Canossa-Gang wird, werde ich ihn nicht als das Mönchlein, das einen schweren Gang vor sich hat, allein zu bestehen haben. Ich habe einen riesigen Laden voller Super-Spezialisten, die ich haftbar machen kann. Außerdem arbeite ich noch mit dem System Wunderwaffe."

„Das klingt nicht gut. Der Letzte, der mit diesem System vor dem Untergang arbeitete, wurde zum größten Verbrecher aller Zeiten."

„Lassen wir auch das. Ich vertraue auf eine junge Frau. Sie ist eine begnadete Psychotherapeutin. Sie macht mir aus meinem Problem-Wiedergänger einen Weisen, der alles versteht, alles begreift und aus Einsicht handeln wird."

„Der Mann, der das mit dem Mönchlein und dem schweren Gang gesagt hat, der wird auch zitiert mit 'Mut, Mönchlein, Mut!'"

„Wir sehen uns wieder. Entweder in Brahms Keller. Oder beim nächsten Schachspiel. Wenn mir nicht zuvor der Himmel auf den Kopf gefallen ist."

Die Erpressung

Verwaltungsdirekor Schultheiß stand nun vor der Frage: beziehe ich die anderen gleich ein in das, was nun zu entscheiden ist? Oder kann ich allein diesen Ernesto möglichst geräuschlos von den Toten wiederauferstehen lassen?

Er liebte zwar das Wirken der Verwaltung. Doch wenn es sich gegen ihn zu kehren drohte, wurde es – sagen wir mal – unübersichtlich. Der Eingriff in bürokratische Abläufe war das eine. Dabei verborgen zu bleiben eine gehobene Kunst. Antrag auf „nicht tot"...Wie ? Sie haben sich in so fundamentaler Frage mal eben um fünf Jahre geirrt? Sie vom Klinikum?

Peter Schultheiß seufzte durchdringend. Gerade eben klangen die Nachwirkungen der Hacker-Angriffe, wo man so schön Opfer war, etwas ab. Nun diese schreckliche Unordnung.

Der Tag hatte sein Quantum an Arbeit gehabt. Es gab da abendlich ein von kleines (von keiner Ehefrau zu hintertreibendes) Geheimrezept: einen Calvados von der sündhaft teuren Art mit der höchsten Altersstufe.

Gerade hatte er sich ein Gläschen eingeschenkt zum Gegenwert eines Wochenlohns der weniger gut Situierten. Da störte ein hartnäckiges Pochen an der Tür die kleine Flucht vor den Bedrängnissen des Tages. Es war so anhaltend, dass der Herr Direktor mit der grimmigsten Miene von „wer wagt es, mich zu stören" die Tür seines Hauses aufriss.

In der Dunkelheit, nur als Silhouette ausnehmbar,

stand der ihm wohlbekannte Oberpfleger Heinrich Wagenknecht.

„Was zum Teufel ist passiert?"

„Nichts, Herr Direktor. Ich bin der Abgesandte eines kleinen Trupps von Pflegern. Die Jungs glauben an so eine Art Verschwörung."

„Wieso das denn?"

„Wir – ich sag ja nur, was die anderen so sagen – glauben, dass unser wieder erwachter Patient Dornröschen unter Verschluss gehalten wird."

Der Direktor sah ins Dunkle hinter Heinrich. Da war niemand.

„Kommen Sie herein!"

Heinrich hatte eine Mütze in der Hand, die durch Helmut Schmidt zu Ehren gekommen war: eine vom Typ 'Prinz Heinrich'. Er kam zögerlich in den Raum und nahm Platz auf einem ihm zugewiesenen Stuhl. Die Mütze rotierte in seinen Händen und war bereits arg ramponiert. Er räusperte sich ausgiebig und setzte dann an:

„Wir meinen, es hat eine Art Wunder gegeben. Wir hatten den Typen, den wir fünf Jahre lang zu umsorgen hatten, so bei uns 'rumliegen wie so eine Art Atrappe von Mensch. Wir hatten uns richtig dran gewöhnt, an diese arme Socke vom Typ 'pennt immer'. Ganz tot war er eben nicht."

„Niemand verkennt ihren angemessenen Anteil an dieser...äh...Geschichte."

„Na ja. Wir meine, es hat da so 'ne Art Wunder gegeben. Jetzt ist der Typ wieder unter den Lebenden."

„Ist doch höchst erfreulich!"

„Ja, ja. Aber wenn so was passiert, ist das normalerweise eine Sensation. Aber alles ist wie unter einer Käseglocke. Der Mann, der jetzt in der Villa für Promis lebt...man hört so gar nichts von ihm. Dabei war der doch selber mal Journalist."

Prinz Heinrich war endgültig zerknüllt.

„Oberpfleger Heinrich Wagenknecht! Glauben Sie etwa, wir verstecken den wieder auferstandenen 'Patient Dornröschen' und verweigern ihm die Eintrittskarte zurück ins Leben?"

„Herr Direktor! Sie haben genau das formuliert, was wir so in unseren kleinen Kreisen glauben. Irren wir uns?"

„Ganz eindeutig. Der Mann, Ernesto Harland, wird gegenwärtig von höchster Psycho-Instanz aus gepflegt. Nicht sein Korpus. Sondern seine Seele. Damit er den Schock der Wiederkehr ins Leben verkraftet. Ihr Pfleger könnt doch gar nicht ermessen, was das heißt: nach fünf Jahren wieder da. Mit all den Verankerungen, die man so braucht im Leben."

Heinrich wägte das. Dann schüttelte er den Kopf.

„Es erklärt nicht, warum es über dieses medizinische Wunder kein einziges Wort gibt."

„Gegenwärtig – Sie wissen ja auch über diesen digitalen Schlamassel, mit dem wir es zu tun haben - ist eine Publicity dieser Art schädlich für uns. Mit 'uns' meine ich ausdrücklich alle, die bei uns arbeiten. Auch Sie, Herr Wagenknecht, und die Gemeinschaft der Pflegerinnen und Pfleger."

Heinrich grinste etwas dümmlich.

„Wir sollen die Klappe halten? Alle?"

„Klappe halten aus Einsicht und in treuer Verbundenheit zu unserem Klinikum."

Heinrich dachte nach.

„Das geht. Wird aber teuer."

„Ist das eine Erpressung?"

„Könnte man so sagen. Meine Kumpel – seien Sie froh, dass die Weiber nicht dabei sind...Also, wenn wir von der alten Abteilung 'Prinz Dornröschen' die Klappe halten sollen: sagen wir mal Fünftausend. Für jedes Jahr einen Tausender."

„Heinrich Wagenknecht! Ist Ihnen klar, dass ich gar nicht der bin, der das aus seiner eigenen Tasche zu bezahlen hat? Es geht doch um uns alle."

„Na ja. Es geht auch um Manni. Der ist sauer, weil er nicht Oberpfleger werden durfte. Fiel durch 'ne Prüfung. Also: Manni kennt einen Kerl, dem sie einen Tumor aus dem Hirn entfernt haben. Obwohl der Kerl gar kein Hirn braucht bei seinem Job. Er ist bei einer Zeitung mit diesen riesigen Buchstaben. Und zu Manni sagt er immer: Wenn ihr eine 'story' aufreißt, so richtig saftig mit Skandal und allem, dann soll das euer Schaden nicht sein. Nicht dass wir so einem Widerling unbedingt etwas stecken wollten."

„Wie viel also unter Berücksichtigung von Manni?"

„Nee, nee. Bleibt bei Fünftausend. Nicht so große Scheine. Sagen wir morgen um Mitternacht?"

„Ich sagen Ihnen, Wagenknecht; so ein Job als Direktor ist auch kein Zuckerschlecken. Wenn Sie an meiner Stelle wären: Sie würden sich wundern, was da alles auf Sie zukommt."

„Morgen? Mitternacht? Hier?"

An diesem Abend brauchte Peter Schultheiß einen zweiten Calvados von der sündhaft teuren Art. Er trank ihn mit dem Schwur, die anderen in die Verantwortung mit hinein zu ziehen. Es ging um einen Reptilienfonds, in den alle Abteilungen einzuzahlen hatten. Für Heinrich, Manni und den Rest der Bande.

Peters Urteil über den Tag war nicht druckbar. Und seine Gefühle, als er zu mitternächtlicher Stunde ein Bündel Banknoten überreichte, von der nicht durch noch so viele geistliche Getränke zu reparierenden Art.

Grimmiges Märchen

Ungeachtet der schweren Schatten, die sich auf Ernesto Harlands Existenz zu legen drohten, ging die Mühe um die Rettung seines Seelenheils weiter.

Zu zweiten „Sitzung" trafen sich Carena und ihr Patient wieder in der bescheidenen Hütte des Chefgärtners. Der hatte seine ganze Kunst auf die Gestaltung seines Reiches geworfen. Die Terrasse öffnete sich auf einen Irrgarten botanischer Raritäten, soweit sie unter nördlicher Sonne gedeihen. Und heute gab sich die Sonne Mühe. Die Vögel sangen, als wäre die Welt noch jung und zu bejubeln aus schierer Daseinsfreude

Carena hatte ein leichtes Sommerkleid angezogen. Sie sah in Ernestos Augen bezaubernd aus. Obwohl sie nicht lächelte, sondern mit gesammelten Ernst auf Arbeit aus. So unterband sie auch rasch, was Ernesto nach der Morgenlektüre über den Status der Welt zu sagen hatte.

„Gewiss doch. Irgendwie ist die Fähigkeit der Menschen, sich Eliten zu wählen, zum Teufel gegangen. Aber es sollte uns beiden nicht um ein Phänomen wie US-Präsident Donald Trump oder um den Zerfall der Europa-Idee gehen. Es geht um Sie. Um Ihren Weg zurück. Wollen Sie ihn unbedingt beschreiten als Journalist, als der Mahner, auf den keiner hört?"

Ernesto lehnte sich in dem etwas klapprigen Gartenstuhl zurück und sagte zögerlich, nein, da gäbe es wohl andere Prioritäten. Aber das eigene Ich als Objekt? Er habe sich sein ganzes Leben lang strebend bemüht (ein berühmter Personalakten-Eintrag!), seine persönliche Sicht zurückzunehmen.

„Wenn ich etwas Les- und- Hörbares über mich erzählen soll, wenn ich der Gegenstand von Nachrichten sein soll, dann mit Überschriften. Die erste hieße 'Ich bin ein Berliner'. Die zweite 'Der schönste Versprecher der Weltgeschichte.' Und vielleicht noch: 'was ist der schönste gehobene Unfug meines Lebens?"

„Etwas Lesbares? Das klingt nicht ganz nach der spontanen Erinnerungsarbeit, die mir so vorschwebt. Aber wer bin ich, mir einen Patienten zu schnitzen? Noch dazu einen so märchenhaften wie dem aus Dornröschens Reich Zurückgekehrten. Aber dieser schöne Morgen ruft nach einem zweiten Frühstück. Ich habe aus der Kantine, Abteilung Verzugskunden, knusprige Croissants mitgebracht. Der Gärtner hat einen kleinen Kaffee-Automaten. Ich bin zwar als Hausmütterchen eine Null-Nummer. Aber ich werde mich bemühen."

Die Abwesenheit von Milch im Kaffee war zu verschmerzen. Der alte Kalauer: schwarz wie die Nacht und süß wie...Ernesto hielt inne. Biss herzhaft in sein Hörnchen. Lobte Carenas Vorkehrungen für ihr leibliches Wohl über den Klee. Bis die Krümel nur übrig blieben für die gefiederten Mitbewohner des Planeten.

Die Psychotherapeutin erlaubte sich eine Plauderei.

„Wissen Sie, was mich immer wieder erstaunt? Es ist dieser Begriff 'Patient Dornröschen'. Das ist ein Zeichen für die Herrschaft, die Walt Disney über die Vorstellungen der Menschen hat. Alle denken immer nur an den hundertjährigen Schlaf und den Kuss des Prinzen, der ihn beendet. Wollen Sie wissen, wie das Märchen über Dornröschen ursprünglich ging?"

„Gewiss doch!"

„Das Mädchen oder die junge Schöne schlief im Wald. Da kam ein Bursche des Weges. Er vergewaltigte es oder sie so gründlich, dass die schlafende Schönheit ins Koma fiel. Noch in diesem tiefen Schlaf wurde sie schwanger mit Zwillingen, die sie ohne Unterbrechung ihres Status zur Welt brachte. Eines Tages wachte die doppelte Mutter im Kreis ihrer Kinder auf. Sie machte sich auf die Suche nach dem Vater. Endlich fand sie ihn. Er war verheiratet und ohne Kenntnis über seine Untaten. Aber seine Frau ging die Herausforderung ihres Status beherzt an. Sie tötete die Zwillinge, kochte daraus eine Mahlzeit und servierte sie ihrem Gemahl..."

„Erbarmen!", sagte Ernesto gepresst. „Ich glaube, ich gehöre doch eher zur Walt-Disney-Fraktion beim Konsum meiner Märchen. Schon die Brüder Grimm waren mir oft zu grimmig."

„Es war einmal so, dass Märchen die Welt so spiegelten, wie sie ist. Erst ein Amerikaner hat alles mit Zuckerguss überzogen. Die Symbolik von Goethes 'Sah ein Knab ein Röslein stehn" klappert für uns Heutige. Und der König, der alle Spindeln verbietet, die Unschuld gefährden können – was ist er für ein armer Tropf und Verweigerer der Realitäten. Es gibt einen schlimmen Spruch in meiner Branche: Da lohnt sich keine Analyse."

„Ich hoffe, dass ich eine lohne".

„Ganz sicher. Wir müssen gemeinsam arbeiten."

Für immer ein Berliner

N ach diesen Worten war Ernestos Schonzeit vorbei. Er musste liefern. Die Stunde fand ihn nicht unvorbereitet.

Also zog er ein zerknittertes Blatt aus seiner Hosentasche. Er hatte das noch heute morgen in seiner Villa ausgedruckt.

„Hier, Ich habe Ihnen etwas mitgebracht. Eine Karteikarte. Ist natürlich nur ein Faksimilé. Im Original sicher von unglaublichem Wert. Sie wurde von John F. Kennedy genutzt, als er am 26. Juni 1963 seine Rede vor dem Rathaus Schöneberg hielt. Sein Dolmetscher hatte ihm in Lautschrift und mit Betonungs-Großbuchstaben diesen auf deutsch zu sprechenden Satz aufgeschrieben: 'Ish bin ine BearLEANar.' Auf derselben Karteikarte steht : 'Civis Romanus sum'. Kennedy wollte seinen wohlkalkulierten deutschen Satz mit dem Duktus sagen, mit dem sich einst höchster Stolz artikulierte, zu einer Hochzivilisation zu gehören: 'Ich bin ein Bürger Roms.' Aber wie es so geht auf dieser schnöden Welt: das Erhabene und das Lächerliche sind nur einen Schritt voneinander getrennt. Außerhalb Berlins bezeichnen die Deutschen unterschiedlicher Stämme ein Gebäck, das die Berliner selber einen 'Pfannkuchen' nennen, als 'Berliner'. Womit die Fallhöhe klar wird."

Ernesto hatte den unbestimmten Eindruck durch eine Prüfung gefallen zu sein. Anekdoten übten auf ihn einen unwiderstehlichen Sog aus. Seine Therapeutin ging zurück auf den Kern.

„Warum ist das so besonders? Zu sagen: ich bin ein Berliner? Ich selbst bin Hamburgerin. Was mich in der weiblichen Form eher noch bewahrt vor Kalauer-Vergleichen mit einer Fleischspeise."

Ernesto sah seine Gesprächspartnerin abschätzend an. Wie alt war sie wohl? Wie viel Geschichtswissen war ihr Hintergrund?

„Es gab Zeiten, da schauten die 'Völker der Welt' – wie es ihr Bürgermeister Ernst Reuter einforderte - auf diese Stadt. In der ich in Wilmersdorf geboren wurde, in der meine Familie aber nach dem Krieg in Pankow war. Das galt aus unerfindlichen Gründen für das westliche Deutschland als der Ort, in dem die Führungsriege der DDR zu Hause war. Stellen Sie sich einen kleinen Jungen vor, der mit zwölf Jahren wegen unzureichender Miet-Verhältnisse aus Ostberlin abgemeldet wird, um in Berlin Charlottenburg bei den Großeltern zu wohnen, dort zur Schule zu gehen. Was rein per U-Bahn nur 37 Minuten auseinander war, aber familiär mich in so eine Art Krambambuli-Konflikt stürzte. Meine Kindheit und noch meine Studentenzeit waren davon geprägt. Heute kann keiner ermessen, was mich damals bewegte, als ich John F. Kennedy sagen hörte: 'Alle freien Menschen, wo auch immer sie leben mögen, sind Bürger Berlins. Und deshalb bin ich als freier Mensch stolz darauf, sagen zu können 'Ich bin ein Berliner'."

Carena schaute den eigenartig bewegt erscheinenden Ernesto prüfend an und sagte:

„Können wir das noch einmal abtrennen von der Historie? Und ganz auf den Studenten eingehen, der da auf diesem Platz stand inmitten der jubelnden Menge.

Können wir da noch einmal stärker die Sonde ansetzen: was ergriff ihn in diesem Moment? In aller komplexen Tiefe?"

Ernesto war ein wenig verzweifelt. Was will sie noch?

„Tja. War's wirklich nur Stolz, unter die Freien gereiht zu werden? In mancher Beziehung war es unverbindliche Rhetorik, von einem Meister der Rede pointensicher angebracht. Warum hatte dieser Mann, der Fackelträger des 'Westens', 681 Tage nach dem Beginn des Mauerbaus gebraucht, eher er kam? Von dem alten Mann, der neben dem jungen US-Präsidenten stand, von Konrad Adenauer, erwarteten die Berliner nichts. Die Welt hatte sich bereits arrangiert mit dem Monstrum einer Grenzsicherung unglaublichster Art. Weil es ja nichts Defensiveres gibt als eine Mauer..."

„Und was war da noch?"

„Die Menschenmassen um mich herum waren auf Jubel aus, der in Moskau gehört werden sollte. Die Welt war gerade erst ihrem Untergang mit knapper Not entronnen. Wir wussten damals alle, wie viele Tonnen TNT auf jeden Einzelnen von uns kämen, wenn's atomar knallt. Kennedy hatte um Kuba gepokert mit dem Weltkriegs-Veteranen Chrustschow und auf den Überlebenswillen des alten Mannes im Kreml gesetzt. 13 Tage lang war die Welt in der Duell-Situation, wo der Angriff des einen mit dem Sterben beider Duellanten und damit des gesamten Planeten geendet hätte. Was war da schon die kleine Demütigung, feierlich auf jede Invasion Kubas zu verzichten? Es ist müßig zu überlegen, welchen geschichtlichen Status John F. Kennedy jemals eingenommen hätte, wäre er nicht ermordet worden. Vielleicht nicht so hoch wie wir alle in dem makabren Spiel wähnen: Wo warst Du, als Kennedy erschossen wurde?"

Ernesto musste plötzlich grinsen. Carena bemerkte den plötzlichen Schwenk vom feierlichem Nachklang erhabener Momente eines Lebenslaufs zu Amüsement. Feinfühlig setzte sie nach:

„Und was war da noch? Eher etwas ironisch Gebrochenes als nur der erhabene Moment?"

„Ja, ja. Das große Gefühl und das kleine Schuldbewusstsein. Als Berliner hätte ich den 13. August 1961, den Beginn des Mauerbaus, in mir tragen müssen wie ein Fanal, wie eingebrannt in meine DNA. Aber als dieses Grenzregime begann, war ich gerade auf Reisen. Ich hatte das Taugenichts-Motto 'ewigen Sonntag im Gemüt'. Am Sonntag 13. August 1961 badete ich in den lauen Fluten des Mittelmeers in Frankreich. Französisch war meine dritte Fremdsprache, nach Englisch und Latein, und mein Parlieren in dieser Sprache war nicht gerade auf hohem Niveau. Immerhin kam ich schwimmend ins Gespräch mit einem jungen Franzosen. Der gratulierte mir zu 'sangfroid', meiner Kaltblütigkeit, mit der ich hier badete, während durch meine Stadt eine Mauer gebaut wurde. Ich schwamm zurück mit hoher Welle. Kaufte Zeitungen. War ruckartig wieder angeschlossen an Geschichte und grimmiges Zeitgeschehen. Raste zurück über die Transitstrecken in mein Westberlin. Konnte noch vier Wochen lang mit meinem Westberliner Ausweis das Elternhaus besuchen. Dann war Schluss. Für lange Jahre. Bis die Zeiten reif waren für 'humanitäre Erleichterungen'. Tief in mir trage ich noch die Erinnerung, wie das damals war, im frostigen Winter, als ich zwei Tage lang auf dem Hof meiner Schillerschule nach 'Passierscheinen' anstand, die zum einmaligen Besuch naher Verwandter in Ostberlin ausgegeben wurden. Zweck des Besuchs? Wiedersehen mit Großeltern, Eltern, Geschwistern. Ausreise aus der Hauptstadt der Deutschen Demokratischen Republik um Mitternacht. Das gilt auch für den Silvestertag. Machen Sie mal den Motor aus und fahren Sie rechts ran...Bornholmer Straße – zehn Minuten von Pankow-Vinetastraße entfernt und doch in zwei Welten..."

Ernestos Stimme wurde plötzlich brüchig.

„Aber das ist alles altes Gemäuer. Da ist keiner mehr, der nach diesen alten Geschichten fragt. Eben so wenig wie es noch Menschen gibt, die man fragen kann: wie war das im Krieg? wie bist du der Schuld entgangen? gibt es noch eine Generation, die nachempfinden kann, was die deutsch-deutsche Grenze in aller Härte bedeutete? Muss sie ja auch nicht. 30 Jahre nach so umjubelter Einheit gibt es keinen Impuls mehr, der sich aus dem Glück der Überwindung speist. Die Herausforderungen des Alltags scheinen so hoch, dass Erinnerung daran darin keinen Stellenwert mehr hat."

Ernesto wurde von einer Welle der Sentimentalität überschwemmt.

„Täglich frage ich mich jetzt: Könntest Du als Journalist heute noch bestehen? Wenn doch die Frage nach dem Sinn des Ganzen immer drängender wird. Irgend etwas ist in mir zerbrochen. Der Glaube an Reparatur schwindet."

Die Therapeutin sah ihren Patienten fest an. Energisch sagte sie:

„Ernesto Harland! Sie sind ein schrecklich ungeduldiger Mensch. Wir brauchen Zeit. Wir nähern uns behutsam an. Bis Sie wieder der Mensch sind, der Sie waren."

Der Patient sah zerknirscht aus. Carena setzte nach:

„Es geht zugleich zurück und nach vorn. Aber denken

Sie an die Warnung , die uns Bertolt Brecht hinterlassen hat. Brecht erfand sich einen Prüfstein für Weisheiten, den Herrn Keuner oder kurz K. Ich werde diesen einen Aphorismus nie vergessen: 'Ein Mann, der Herrn K lange nicht gesehen hatte, begrüßte ihn mit den Worten: Sie haben sich gar nicht verändert! Oh, sagte Herr K und erbleichte'."

„War Herr K nicht ein ziemlich zynischer Geselle, der mal gesagt hat: 'Alles kann besser werden. Außer dem Menschen' ?"

„Ich ahnte das!", sagte Carena in komischer Verzweiflung. „Auf diesem Gebiet sind Sie unschlagbar."

Ernesto sah zu seinem Bedauern, dass sich die „Sitzung" ihrem Ende näherte. Er fragte angelegentlich:

„Wie habe ich denn abgeschnitten, bei diesem Quiz über meine Leistungen als sich erinnernder Mensch? Als einer mit einem gewissen Überblick über das, was ihn in frühen Phasen geprägt hat?"

„Das werde ich auf keinen Fall jetzt verraten. Wie war das noch mit 'hat sich immer bemüht'? Ich brauche ja wohl kaum zu betonen, dass es nicht um ein Quiz-Wissen geht, sondern um ein Gesamtbild."

Die Therapeutin und ihr Patient tilgten die Spuren ihrer Anwesenheit im Haus des Gärtners durch sorgfältiges Aufräumen.

„Muss sein!", sagte Carena lächelnd. „Wir sehen uns wieder un- oder abhängig von Brechts Weisheiten in zwei Tagen. Zuvor muss ich meiner Chefin berichten, wie es um 'Patient Dornröschen' steht. Und auch der Direktor der medizinischen Verwaltung nervt. Er hätte mit mir dringende Fragen bürokratischer Art zu erörtern, die ihren Status betreffen."

Sie verabschiedeten sich, wobei Ernesto Carenas Hand

ein wenig zu lange schüttelte.

„Wie gesagt: in zwei Tagen. Der Gärtner ist wieder da. Aber wir werden einen Treffpunkt ausmachen. Nur nicht in dieser Prachtvilla, in der Sie wohnen."

„Warum nicht?"

„Da gibt es Gründe. Einer ist ein bisschen kindisch. Viele von uns vom medizinischen Fußvolk finden, dass man für gelegentlich vorbeikommende Koryphäen nicht den Aufwand einer ständig vorgehaltenen Prachtvilla treiben sollte."

Offenes Tagebuch

Noch ganz unter dem Eindruck von Carenas Abschieds-Lächeln ging Ernesto mit gewachsener Routine zurück in seine „Hütte" der unbescheidenen Art.

Vertraut war ihm inzwischen der Luxus, der ihm zuzustehen schien.: ein gutes Essen von der Sorte „Tischlein-Deck-Dich". Er verschmähte jedoch den Wein. Der Tag schien ihm noch nicht weit genug fortgeschritten. Außerdem musste er ernsthaft nachdenken.

Bevor er sich an diese Arbeit machte, schaltete er das riesige TV-Gerät ein für „die Nachrichten des Tages". Den Redakteur vom Dienst beneidete er nicht. Nur in einer Hinsicht. Zu seinen Zeiten hatte es oft erbitterte Debatten gegeben, was den Rang eines „Aufmachers" hatte. Inzwischen schienen die an der Nachrichtenfront eine so fabelhafte Auswahl von Katastrophen und Skandalen aller Art zu haben, dass die einzige Schwierigkeit in der Zeitbegrenzung einer Sendung lag. Die Motivation vieler in die Nachrichten drängenden Menschen schien ihm bei einem eher satirischen Nenner zu liegen: „Hauptsache, es geht etwas kaputt".

Ernesto schüttelte sich wie ein Hund. Es erschien ihm zunehmend schwieriger wieder den Biss zu entwickeln, als aufgeklärter Zeitgenosse durchzugehen. Genau das sah seine Therapeutin als erstrebenswert an: dass er wieder seinen Platz am sausenden Weberschiffchen der Zeit einnahm. 'Haltet die Welt an' war gestern. Jetzt ging es um Behauptung und Selbstgewissheit.

Er setze sich vor „seinen" PC. Ist das wirklich mein 'personal computer'? Na ja. Soweit mir überhaupt noch etwas gehört, sind es meine Gedanken. Und die will ich jetzt ordnen. Ich rufe die Abteilung 'Diary' – Tagebuch auf. Wie hieß es noch in dem uralten Lied, das wir so naiv sangen:

Die Gedanken sind frei
Wer kann sie erraten
Sie fliehen vorbei
wie nächtliche Schatten.
Kein Mensch kann sie wissen
Kein Jäger erschießen
Mit Pulver und Blei.
Es bleibt dabei
Die Gedanken sind frei

Armer Ernesto! In dem Augenblick, in dem er sich anschickte, in sein nicht durch ein Passwort geschütztes Tagebuch zu schreiben, waren seine Gedanken von Jägern erjagt, die weder Pulver noch Blei brauchten. Nur ein wenig Grundwissen der Spezies „Hacker". Die sich auch noch gerechtfertigt sahen: hat ja der Direktor angeordnet. USB-Stick folgt.

Einen Augenblick lang verharrten Ernestos Finger über den Tasten. Dann legte er los mit der Zwei-Finger- Such-System-Routine des ergrauten Buchstabenjägers.

Vielleicht bin ich, nehmt alles nur in allem, doch ein Glückspilz. Sie bemühen sich um einen, bei dem alles schon abgeregelt schien. Fünf Jahre Brennschluss nach einem langen Leben. Scheintod. Scheintot. Vita reducta. Vita minima. Bei ihnen lag die Mühe. Und jetzt.

Dornröschen ist aufgewacht.

Man sollte meinen, dass so etwas einen gewaltigen Lärm macht. Da ist einer zurückgekehrt aus dem Reich der Toten. Wie war's denn im Urlaub vom Leben? Auf der anderen Seite? So ganz ohne Tagesfron und ohne die Energie, die man sonst aufwenden muss für das, was wir 'Leben im Alltragstrott' nennen? Erzählen sie doch mal! Und wie kommen wir Ihnen jetzt vor? Wo sie doch einen Zeitsprung gemacht haben? Sind die Zeiten jetzt besser oder schlechter?

Meine Recherchen zum Thema 'Wachkoma' machen mich zu einem Anfänger unter diesen Zeitgenossen. Was es da an Berichten gibt über Menschen, die durch alle möglichen Unglücke vorübergehend aus der Welt ausstiegen! Für Zeitspannen, die bis zwei Jahrzehnte und mehr umfassen.

Mediziner scheinen eigenartig gespalten bei der Einschätzung von 'Wachkoma'. Fast immer ist so etwas gegen ihre gewissen Erwartungen. Inzwischen scheint diese Art von Zwangspause für das sonst so rastlose Hirn eine anerkannte Behandlungs-Methode. Berichte von Menschen, die etwas erzählen über 'Erlebnisse im Koma' werden belächelt und gewissen Zeitschriften überlassen, die dann anspringen, wenn ein 'Promi' betroffen ist.

Auch ist es mir nicht gelungen, über einen der 'Zurückgekehrten' eine verlässliche Dokumentation zu finden. Des weiteren Lebenswegs. Einige von ihnen scheinen erschütternd schlichten Gemüts, getragen von Menschen in ihrer Umgebung, die auch nicht gerade von metaphysischen Gedanken gequält wurden.

Aber allen diesen Berichten ist doch eines gemeinsam: die Mitwelt staunt. Die unmittelbar Betroffenen, die Anverwandten eh und die Übrigen durch sensationell aufgemachte Berichte aus meiner alten Zunft.

Aber in meinem Fall? Hat es auch nur das geringste Kräuseln in den Nachrichten-Strudeln erreicht?

Es scheint eine Kraft tätig zu sein, die mich dagegen abschirmt, irgendwie 'öffentlich' zu werden. Dies steht in bemerkenswerten Gegensatz dazu, dass ich sehr gut umsorgt werde. Diese Villa hier – ich wüsste nicht zu sagen, wann ich je mehr in einer Art Schlaraffenland gelebt habe. Aus Märchen pflegt man ernüchtert aufzuwachen. Schlafe ich doch noch?

Und es geht ja nicht nur um mein physisches Wohl. Dieses zauberhafte Wesen Carena Magiria, die mich aus möglicher seelischer Verkrüpplung zurück geleiten will – wer könnte sich mehr wünschen, als so geadelt zu werden durch Therapie seiner Seele?

Also muss eine Kraft dahinter stehen, die glaubt, mir etwas schuldig zu sein. Ein kleiner Routine-Eingriff um die Augen – ab ins Reich der Scheintoten. Dass so etwas geschehen kann, darf ein Großklinikum nicht zugeben. Mediziner leisten berechenbare Arbeit. Wenn sich das Leben der einzelnen nicht daran hält, ist das individuelles Schicksal! Das kann doch nicht den allgemeinen Glauben, alles könnte repariert werden, beeinträchtigen.

Der Tagebuch-Schreiber zwischenspeicherte den Fluss seiner Gedanken, ließ aber sein 'Diary' offen. Fasziniert sah er auf den Cursor, der blinkend auf Fortsetzung wartete. Nach einer Weile verdunkelte sich der Bildschirm. Automatisch hatte sich die Raumbeleuchtung eingeschaltet nach einer auf seine Vorliebe abgestimmte Temperatur des Lichts.

Draußen war das Tageslicht noch so hell, dass er auf der Terrasse hätte lesen können.

„Jetzt ist es Zeit für einen Wein. Und für eine Zigarre!"

Er hatte geflüstert, obwohl er auch hätte brüllen können. Es war ihm auch klar, dass die Sache mit der Zigarre eine Art Referenz an vergangene Zeiten war, da man den Menschen solche Marotten nachsah.

Der Wein war ein Chianti Classico. Er mundete gut. Die frevelhafte Zigarre entließ ihren Rauch in den sich verdämmernden Himmel. Nur von der Notfall-Ambulanz kamen verweht einige Geräusche, die daran erinnerten, dass er in einer riesigen Maschinerie zur Heilung von Krankheiten war.

Ernesto ging wieder hinein und nahm Platz vor dem PC. Gehorsam wartete die Maschine auf die Eingabe neuer Befehle. Früher hatte er „denkend geschrieben", die Überlegungen kamen über die Hände aufs Papier, notfalls war zu streichen oder neu anzusetzen. Bis er sich selbst zum Fossil wurde. Das mit dem Schreiben von Hand ist heute ausgestorben. Man muss nichts mehr durchstreichen. Weg damit! Es lebe die Delete-Taste. Warum fingen die Drucker an, Amok zu laufen, just als sie das papierlose Büro ausriefen...

Da bin ich also wieder. Eines ist wohl gewiss: Auf allen Zylindern laufe ich nicht. Wesentliche Teile meiner Gefühlswelt sind verschüttet. Aber da bin ich ja in den besten Händen. Ich hätte nie gedacht, dass Psychotherapie ein so erfüllendes Erlebnis sein kann. Wenn man eine Muse wie Carena findet (oder sie dich).

Ungeklärt sind ein Schock von Dingen, die mit meiner Rückkehr in den Alltag zusammenhängen. Habe ich Geld? In welche Lebensverhältnisse komme ich, wenn dieses Provisorium vorbei ist? Wie sieht mein Alltag aus, wenn ich wieder im Leben der anderen bin?

Und noch eine wichtige Sache: möchte ich eigentlich,

dass mein Fall öffentlich erörtert wird? Möchte ich ein Gegenstand der Nachrichten und des Mitleids werden? Macht es mich nicht zum traurigen Helden in einer Geschichte, in deren Fänge ich geriet ? Bin ich nicht heimlich der Trottel, dem etwas widerfuhr und der fünf Jahre lang geistig den Löffel abgegeben hatte? Angewiesen auf Pfleger, zurückgeworfen auf einfachste Lebensreflexe. Und der Weg zurück – was ist das für ein langer Pfad, wenn ich ihn allein gehen muss?

An diesem Punkt seiner Überlegungen ertönte in seinem Kopf ein schrilles Pfeifen. Verdammt! Habe ich einen Tinnitus? Was pfeift mich zurück, wenn ich diese Stelle beim Nachdenkens erreicht habe? Ich muss unbedingt meiner Therapeutin Bescheid sagen, dass ich da eine Macke habe.

In sarkastischer Stimmung griff Ernesto noch einmal in die Tasten.

Ich glaube, ich muss mich auf den Spuren von Diogenes auf dem Markt für Wohntonnen umschauen. Und für Lampen mit der Fähigkeit, das Humane im Menschen zu erkennen. Und ansonsten? Kann ich das Lied vom Leben nach dem Motto: Life is life/Don't think about it? Oder die Wurstigkeit von Bobby McFerrin erreichen: don't worry – be happy (when you worry you make it double).

Wie ich mich kenne, wird das alles viel schwieriger.Noch bin ich in so einer Art Blase des überstandenen Abschieds vom Leben. Es wird Zeit, sich Sorgen zu machen, wie ich wieder alleiniger Manager meines Lebens werde.

Nach diesen prophetischen Worten war Ernesto bettschwer genug. Er fuhr die Computer herunter, wie man es ihm gezeigt hatte. Und suchte sein Schlafgemach auf. Alles war bereit, ohne sein Dazutun. Muss man auch erst einmal erreichen im Leben.

Sankt Bürokratius

F ünf Minuten nach dem Ende des letzten Tagebuch-Eintrags lag alles in gedruckter Form vor Verwaltungsdirektor Peter Schultheiß. Er hatte einen Stift zum Markieren. Diese Worte hob er besonders hervor: *„Möchte ich eigentlich, dass mein Fall öffentlich erörtert wird? Möchte ich ein Gegenstand der Nachrichten und des Mitleids sein?"*

Dies zauberte erstmals seit langer Zeit ein Lächeln auf seine Lippen. Ernestos „Schnurrpfeifereien" (wie er sie nannte) waren ihm gleichgültig, auch seine schwankenden Stimmungen. Aber dann las er alles noch einmal. Und war mal wieder alarmiert.

Er unterstrich *„Es wird Zeit, sich Sorgen zu machen, wie ich wieder alleiniger Manager meines Lebens werde".* Der Direktor runzelte die Stirn. Der Typ – er gibt es selber zu - funktionierte doch nicht wieder auf allen Zylindern. Sonst wüsste er, dass er nicht allein auf dieser Welt ist. In den Akten war vermerkt, dass er enge Angehörige hatte, eine Frau, eine Tochter, Schwestern, Schwager – alles was so firmiert unter „Familie".

Wenn seine Erinnerung wieder funktioniert, dürfte ihm das rasch genug wieder einfallen. Und meine Sorgen als Verantwortlicher für einen vieltausendköpfigen Organismus ins Gigantische steigern.

Der Verwaltungsdirektor sortierte seine Optionen. Das Wichtigste war wohl: er musste Dornröschen wieder anflanschen an die Gemeinschaft der Lebenden. Dies hieß vor allem; ihn bürokratisch wieder auferstehen lassen.

Sein Schachfreund hatte ihm außer viel unverantwortlichen Unfug über das Dingen eines Mörders die Adresse eines Mannes genannt, der gewissermaßen Sankt Bürokratius in persona war.

Peter Schultheiß kramte die Visitenkarte hervor.

Kann Samuel helfen?

Es war eine Adresse mit einem pompös wirkenden Titel. „Leiter des Bundesverbands der deutschen Standesbeamtinnen und Standesbeamten (BDS)".

Schultheiß war dankbar, dagegen seinen Titel „Medizinischer Verwaltungsdirektor des Großklinikums" setzen zu können. Das schindete Eindruck. Allerdings war BDS-Leiter Samuel Schlirf nicht bereit, auf das Gelände des Krankenhaus-Komplexes zu kommen. Er habe da ein paar schmerzhafte Erinnerungen. Aber ein Essen in einem Nobel-Restaurant – dagegen sei nichts einzuwenden. Es stand schon lange auf der Liste seiner Sehnsüchte.

Der Direktor seufzte. Vor seinem geistigen Auge stand eine beträchtliche Rechnung, die abzuzeichnen war – von wem wohl? Teufel auch! Der Fall „Patient Dornröschen" wurde zu einer anschwellenden Akte von der Sorte „absichern gegen buchhalterische Nachfrage".

Das Restaurant war an der Biegung des großen Stroms und verströmte unauffällige Eleganz. Die beiden Herren begrüßten sich feierlich. Peter Schultheiß musste sofort alle Ideen fallen lassen, die auf ein „Fünfe-Gerade-Sein-Lassen" hinausliefen. Dieser Mensch mit dem Namen Samuel Schlirf schien das Notariell-Urkundliche mit der Muttermilch aufgesaugt zu haben. Seine Bestellung eines mehrgängigen Menüs mit begleitenden Weinen zeugte ebenfalls von Expertise.

Ausführlich schilderte der Direktor den Fall Ernesto Harland aus seiner Perspektive. Beim Cognac (natürlich VSOP) legte Schlirf die Fingerspitzen in präziser Formation aufeinander und lehnte sich leicht zurück.

„Herr medzinischer Verwaltungsdirektor Doktor...", begann er.

„Einfach nur Schultheiß. Mein Doktortitel ist nicht medizinisch."

„Nun gut: Direktor Schultheiß! Wie ich es verstehe, ist da ein Mensch mit entsprechender Beurkundung tot. Durch ein medizinisches Phänomen, von dem Sie gewiss mehr verstehen als ich, ist er aus einer fünfjährigen Bewusstlosigkeit wieder erwacht. Es geht nun darum: wie schleust man einen solchen Fall durch alle bürokratischen Klippen?"

Schultheiß sagte, das sei meisterhaft zusammengefasst. Der wieder genesene Mensch klopfe durch seine fortdauernde Existenz an die Tür und wolle sein Recht auf Weiterleben wahrnehmen als bürgerliche Existenz. Obwohl geborener Berliner sei dieser Mensch nun ein Niedersachse. Die Frage laute also: wie bekommen wir ihn standesamtlich wieder unter die Lebenden? Und mit einem verzweifelten Schuss ins Dunkle, ob dieser Mensch einen Funken Humor habe, fügte er hinzu, es sei ein Fall von „Samuel hilf!"

Schlirfs Augen blieben kalt.

„Ich darf zunächst sicherstellen: auf standesamtlicher Seite lag kein Fehlverhalten. Und das muss sichergestellt sein und bleiben."

„Gewiss!"

Immerhin schien Schlirf in milder Stimmung, genährt von einem vorzüglichen Essen.

„Da ich davon ausgehe, dass Sie den Fall ohne

übermäßige Geräusche bereinigen wollen, sehe ich keine andere Lösung als eine Eingabe an die Fortführung des Personenstandbuches mit der ausdrücklichen Versicherung, dass unerwartete Entwicklungen zu einer Neubeurteilung des Fall zwinge. Die erforderliche bürokratische Arbeit muss durch eidesstattliche Erklärungen des Großklinikums in der gehobenen Sprache der Mediziner unterstützt werden."

„Also doch Canossa."

„Ganz ohne geht es nicht. Ich bin jedoch bereit, mich erklärend an die Kollegen in dem betroffenen Standesamt zu wenden. Nicht garantieren kann ich, ob nicht auf irgend einer Stufe des bürokratischen Prozesses durch Indiskretion daraus ein Skandalon wird."

„Noch ein Cognac?"

„Einverstanden."

Die Herren tranken. Samuel Schlirf erklärte: es ginge gewissermaßen um die Maschen. Wie dicht das Gewebe der Ersatz-Konstruktion „wieder unter den Lebenden" sein soll.

„Gegen hohe kriminalistische Energie ist da kein Kraut gewachsen. Aber für eine Feld-Wald-und-Wiesen-Recherche kann man schon absichern. Sonst ginge das mit dem Zeugenschutz-Programm und einer Ersatz-Existenz mit neuem Namen ja gar nicht."

„Kann er denn seinen alten Namen behalten?"

„Es kommt darauf an, wie gut die Verpflichtung hält, über den Vorgang Stillschweigen zu bewahren. Von unserer Seite darf keine bewusste Manipulation bürokratischer Prozesse verlangt werden. Alles kann nur im Rahmen einer 'Amtshilfe' sein, wobei der Begriff 'Amt' schon etwas überdehnt werde. Aber eine Institution, deren Verwaltungsdirektor Sie sind, darf schon auf ein gewisses Entgegenkommen rechnen. Ich sage ausdrücklich: ein gewisses."

Hastig versicherte Schultheiß, er verlange auf keinen Fall eine Komplizenschaft bei etwas Illegalem.

„Schreiben wir es dem Leben zu, das voller unerwartbarer Dinge steckt."

Die Rechnung war gepfeffert. Samuel Schlirf pries sich glücklich, welche Leckerbissen des Bürokratischen und des Kulinarischen ihm in den Weg kamen.

Schultheiß war froh, dass er nicht den mörderischen Gelüsten seines Freundes gefolgt war und diese Geschichte ein Ende finden könne ohne übermäßige weitere Schrecken. Nun war es an der Zeit, das „Dornröschen-Gremium" aus Spezialisten der psychischen und der neurologischen Abteilung einzuberufen. Sein Leben lang hatte er sich in seinen Verwaltungsakten zu bedecken gewusst.

Es war doch gar nicht einzusehen, warum er wie Atlas die Last seiner Welt allein buckeln sollte. Ich werde sie mitnehmen in die Pflichten, die vor uns liegen. Sie werden mit mir zusammen büffeln, wie wir die Sache schaukeln.

Schultheiß grinste. Da werkeln sie alle so vor sich hin und ahnen gar nicht, was alles hochgehen könnte! Und ich bin der Puppenspieler in dieser Show: Wie schicke ich einen Ambulanz-Patienten nach fünf Jahren Dornröschen-Schlaf so vor die Tore meiner Anstalt, dass er als geheilt entlassen wird und ohne weiteren Befund seiner Wege geht. Ohne lästige Fragen: war da was, so schlappe fünf Jahre lang? Dornröschen muss Rumpelstilzchen werden: 'keiner weiß, dass ich so heiß'!

Der schönste Versprecher

Bevor es aber so weit war, gingen die Mühen zur Rettung von Ernestos Seele weiter. Mühen, die bei Carena lagen. Sie ließ ihrem Patienten eine Mail zukommen: *Unser nächstes Treffen ist im Orchideen-Raum der Villa des Verwaltungsdirektors um 11 Uhr. Anbei Wegbeschreibung per PDF. Bin gespannt auf „den schönsten Versprecher der Weltgeschichte."*

Nicht einmal die pompöse Villa des Direktors war gleich auf Anhieb zu finden. Ein dunkelhäutiger Bauarbeiter, der sich gelassen auf sein Arbeitsgerät stützte, weigerte sich zu antworten. Es schien ihm wohl eine Zumutung, sich über die unmittelbare Aufgabe hinaus mit seiner Umwelt zu befassen. Vor allem nicht in einer Sprache, die Mark Twain einst analysierte und empfahl, sie unter die mit Recht vergessenen und toten Sprachen einzuordnen. Zu Ernestos Verblüffung hielt ihm der Mann stumm ein Dokument hin. Darauf standen Worte, die Mark Twain als Beleg genommen hätte: „Vorübergehender Arbeitsbewilligungs-Bescheid (untenstehend genannt Befristungszeitraum) für saisonal auszuführende Tiefbauarbeiten/ Außenanlagen/Sektionsbereich VI im Großklinikum".

Das mit dem Sektionsbereich war sehr hilfreich. Wenig später passierte Ernesto einen Säulen-Eingang. Hier allerdings wurde es schwierig. Da war ein Torwächter. Gefordert war eine Ausweis-Kontrolle. Bevor das zu einer Krise werden konnte, nahm seine Psychotherapeutin die

Dinge in die Hand. Sie zeigte dem Kontrolleur einen Ausweis, der sie als Mitglied des Ärztestabes auswies.

Der Orchideen-Raum war so untergliedert, dass die Pflanzen ihr eigenes Reich hatten. Angrenzend war ein mit Glas abgeteilter Raum, der ihrer Bewunderung diente. Hier also war Patient Dornröschens dritte Therapiestunde. Sie wurde von dem leisen Murmeln eines künstlichen Wasserfalls untermalt.

Mit sanftem Nachdruck setzte Carena ihren Patienten auf die Rille, die sie beim letzten Mal verlassen hatten. Ernesto war sich bewusst, das dies ein so hoffnungslos veraltetes Bild war, dass es ihn als Analog-Typ entlarvte.

„Wir waren gemeinsam in dem Status 'Ich bin ein Berliner'. Sie waren ein Mensch im Kalten Krieg und Opfer der Zeitumstände. Dann aber rissen sie das alles ein und behaupteten, heutzutage interessiere sich keiner mehr für so miterlebte Geschichte. Die Welt habe ganz andere Sorgen.“

Patient Dornröschen sah seine Therapeutin an wie einer, der sich unter dem Zwang fühlt, seinen Schein zur Berechtigung „Wiederteilname am Leben“ zu machen. Wie viel Gerümpel war da wegzuräumen? Mit leicht belegter Stimme begann er.

„Können Sie ermessen, warum jede Meldung über US-Präsident Donald Trump mich gleichsam durchbohrt? Foltert? Mich so weit bringt, dass ich bedaure, nicht mehr in meinem Schattenreich zu sein, in dem ich die letzten fünf Jahre verbrachte?“

„Ist das ein raffinierter Versuch, nun doch Tagespolitik zu bereden? Waren wir uns nicht einig, dass Sie nach persönlichen Spuren Ihrer Vergangenheit graben? Nach Erinnerung als dem ureigensten Nenner des Ichs?“

Jetzt habe ich sie verärgert, dachte Ernesto. Ich muss

versuchen, erzählend über die Rampe zu kommen. Geistesabwesend blickte er in das Reich der Orchideen, die ohne Bindung an ein Erdreich bizarr schöne Blüten bildeten.

„Also gut. Ich will es versuchen. Über mich zu reden. Den überwiegenden Teil meines Berufslebens habe ich als Fernseh-Journalist verbracht. Aber begonnen habe ich als Gutenberg-Jünger bei der Tageszeitung „Die Welt". Zum Ende meiner Zeit mit dem Print-Medium wurde ich, als einziger Deutscher unter 21 europäischen Journalisten, in die USA geschickt. Man kann das heute nicht mehr ermessen, wie die US-Informations-Agentur um die Seelen kämpfte in diesem Kalten Krieg, der die Welt teilte. Was 'NATO' über ein Militärbündnis hinaus hieß. Für mich persönlich war Amerika ein Reich, in dem sich die Freiheit einen Rausch angetrunken hatte. Heute wird immer klarer, was die Kehrseite solcher Verfasstheit sein kann. Mit Trump wurde ein gigantischer Stein umgedreht. Hervor kroch ein „America First", vor dem die Welt Angst haben muss. Der Narr hat König Demokratie gestürzt und sich an seine Stelle gesetzt. Ein Narr mit der Lizenz, alles in den Abgrund zu stürzen..."

Kühl unterbrach die Therapeutin.

„Können wir 'Apocalypse now' im Schrank lassen? Und dem jungen Mann folgen, der das Journalisten-Privileg hatte, durch die Vereinigten Statten zu reisen?"

„Es war ein tolles Privileg. Wir 21 Europäer aus sehr unterschiedlichen Staaten in sehr verschiedener Prägung von 'Europa' hatten ein eigenes Flugzeug zur Verfügung. Es war ein wenig militärbetont, weil das Pentagon zu den Sponsoren gehörte. Der Horizont verdüsterte sich bereits durch den Vietnam-Krieg. Aber um eine Ahnung zu bekommen, was das im Innersten heißt: eine Welt, die sich atomar in Schach hält, war nichts anschaulicher als eine Fahrt in die Cheyenne Mountains. Zu NORAD - North American Air Defense Command. Meilentief in die Granit-Felsen waren Gänge getrieben worden Hinter stählernen Toren, wie es sie sonst nur in Fort Knox gibt, waren Räume, die nur einem einzigen Zweck dienten: der Rache. Alles ist zerstört, die Erde unbewohnbar. Aber da haben noch einige Menschen überlebt, in Räumen auf gigantischen Stahlfedern gegen die alles zerbröselnden Gewalten. Ihr einziger Zweck ist, nun ihrerseits auf den Roten Knopf zu drücken. Um den Tod er eigenen Welt zu entgelten. Es war ins Gigantische hochgerechnet die Logik im Western: Der Tod durch die Pistole an meiner Schläfe wird auch Dein Tod sein durch den Reflex, der mir sterbend bleibt, weil auch ich de Pistole an Deiner Schläfe habe. Ebenso imponierend in diesen längst vergangenen analogen Zeiten war die Luftraum-Überwachung durch NORAD. Eine gigantische Mercator-Projektion mit den Umrissen der USA und Kanadas. Ein Leuchtpunkt zu nahe an der Sperrzone über Kuba: alle Flugdaten erschienen. Der Pilot war nur unachtsam, korrigierte. Hätte er es nicht getan, stünden Abfang-Jäger bereit, um in wenigen Sekunden aufzusteigen, aufzuklären, anzuschießen..."

Ernesto schreckte aus dem Tunnel seiner Erinnerungen hoch. Das war es doch gar, um das es ging. Immerhin hatte er Carena beeindruckt mit seiner Schilderung.

„Viel schöner war, was wir erlebten drei Monate vor der ersten Landung eines Menschen auf dem Mond. Dazu konnten wir die Bodenstation in Houston und das Startgelände in Florida besuchen. Wir durften den Astronauten Neil Armstrong und Edwin Aldrin beim Training zuschauen. Die beiden unterbrachen sogar für ein paar Minuten und unterhielten sich mit uns. Das heißt: Ich muss korrigieren. Edwin 'Buzz' Aldrin stand da in der Manier eines Soldaten, dem man befohlen hatte: 'Stehen Sie bequem!' Dagegen Neil Armstrong. Begeistert die Möglichkeit nutzend, die harte Fron des Trainings für ein paar Minuten zu unterbrechen, plauderte er mit uns in dem unnachahmlich lockeren Stil der Amerikaner. 'Hi, Boys - oh! Two girls to brighten up the group'. Ja, er wisse auch nicht genau, wie das so passiert sei. Aber nun sei er John F. Kennedys Mann Im Mond. Könnte auch schief gehen, da oben an der kirchturmhohen Spitze der Saturn-5-Rakete, in so einer winzigen Kapsel. Aber er sei ja nur ein kleines Rädchen in einer riesigen Maschinerie. 'Wird schon (winzige Pause) nicht schiefgehen.' Und dann reicht er jedem von uns die Hand. Ich nahm diesen Händedruck mit wie ein Vermächtnis. Es gelang mir in meinem späteren Leben als Fernseh-Nachrichtenmann das gesamte Apollo-Programm zu begleiten. Ich hörte mich so in den Sprechfunk-Verkehr zwischen Houston und den Astronauten ein, das ich fast jedes Wort verstand...“

Im Nachhall zu einer nun schon lange verklungenen Phase des Apollo-Mondlande-Prgramms war Erensto tief bei sich. Genau das, was seine Therapeutin wollte. Aber sie riss ihn aus schierer Rückschau zurück.

„Und was hat es nun mit dem schönsten Versprecher der Geschichte auf sich?“

„Es geht um den Satz, den Neil Armstrong sagte, als er die letzte Stufe vom Mondlande-Modul hinab auf den Boden des Erdtrabanten nahm. Der Satz gehört zum kollektiven Erbe der Menschheits-Erinnerungen, 600 Millionen haben ihn live gehört. Ich habe ihn mir immer wieder angehört. Obwohl da auch ein statisches

Rauschen dabei ist: Neil hat ein winziges Wörtchen nicht ausgesprochen. Den Artikel 'a'. Das erst macht aus **ein** kleiner Schritt für *einen* Menschen den stolz-superlativischen Gegensatz 'gigantischer Schritt für die Menschheit'. Neil hat für den Rest seines Lebens mit den Journalisten, die ihn löcherten, seinen Spaß getrieben. Aber einmal hat er es doch zugegeben: verbal hat er seinen Begrüßungssatz in den Sand des Mondes gesetzt, weil er aus Aufregung dieses winzige 'a' verschluckt hat. Aber wer sollte ihm deswegen auch nur eine Sekunde grollen? Etwas anderes hat diese gigantische Anstrengung des US-Mondlande-Programms für mich relativiert...‟

Ernesto zögerte. Carena fasste auf ihre sanft-eindrückliche Art nach.

„Und was war das?‟

„Der Mond ist etwa 385tausend Kilometer von uns entfernt. Das ist – kosmisch gesehen – eine so winzige Entfernung, dass die Astronomen das unter Mess-Ungenauigkeit verzeichnen. Sie rechnen in Lichtjahren. Welche Entfernung das Licht im Vakuum des Weltalls in einer Sekunde durchmisst: 300tausend Kilometer. Im Jahr sind das 9460 Billionen Kilometer. Viel wichtiger als das Spektakel des ersten Menschen auf dem Mond waren die Späher der Menschheit, die Raumsonden in die Tiefen des Weltalls. 'Voyager 1', vor 40 Jahren gestartet, hat nun 22 Milliarden Kilometer hinter sich, verlässt unsere Galaxie. Die Bilanz all dieser Wissenschaft: Wir sind allein in unserem Planetensystem. Was hat uns der Anblick unseres eigenen 'blauen Planeten' gebracht außer einer Rührung über so etwas verletzlich Schönes?‟

Plötzlich grinste Ernesto.

„Eines noch zu Neil Armstrong, der 2012 starb. Er

hätte herzlich gelacht über die ironische Pointe, wie viele Menschen heute der festen Überzeugung sind, die Mondlandung habe nie stattgefunden, sondern sei in einem Hollywood-Studio gedreht worden. 'Fake news' würde der heutige Mensch kundig nickend sagen. Ich glaube, der allgemeine Intelligenz-Status ist auf niedrigem und rapide absinkendem Niveau..."

Die Therapeutin nickte zustimmend. Aber sie hatte die Stirn in nachdenklichen Falten. Und schien auf einer Spur zu sein, die sie hartnäckig verfolgte.

„Jetzt bin ich ihrem Nachdenken bis in die äußere Galaxie gefolgt. Aber die entscheidenden Entfernungen sind in unserem Hirn angelegt. Ich habe über Sie und die Spuren, die Sie hinterließen, nachgeforscht. In diesem Jahr, in dem Sie auf der Entdeckung Amerikas waren, in diesem Jahr der Mondlandung, haben Sie geheiratet. Und zwar so, dass Sie das Datum nicht so schnell vergessen konnten: an einem 4. Juli."

Plötzlich hatte Ernesto wieder diesen Tinnitus. Er wand sich förmlich wie unter einem körperlichen Schmerz.

„Können wir dieses Thema lassen. Es ist für mich zu schmerzlich. Wahrscheinlich gehört zu meinem Selbstschutz, dass ich in einer Ecke meines Ichs eine Brandschutzmauer errichtet habe. Ich musste da etwas abkapseln. Aus Notwehr."

Die Therapeutin sah ihrem Patienten fest in die Augen.

„In meiner Kunst muss man manchmal wie ein Chirurg sein. Wir sind an einem ganz entscheidenden Punkt der Therapie. Sie müssen mir berichten, was das Leben zu zweit für sie bedeutete."

„Bitte nicht mehr heute. Ich bin zu aufgewühlt."

„Ich habe die Dinge vorangetrieben. Nun gilt es. Sie müssen wieder souverän über alles, Ihren gesamten

Gefühls-Haushalt verfügen."

„Ich will das anstreben. Aber können wir das aufs nächste Mal vertragen?"

Die Therapeutin nahm abermals Ernesto in Augenschein. Er wirkte in der Tat sonderbar gestresst. War er auf der Flucht vor sich selbst?

„Vielleicht haben Sie Recht. Aber beim nächsten Mal soll es der Durchbruch sein. Sie werden wieder ein Mensch mit der Souveränität, über sich und sogar über Teile des Unterbewusstseins zu verfügen. Von da an gibt es nicht mehr einen Status ante quo minus. Von da ab sind Sie wieder einer, der auf der vollen Klaviatur des Lieds vom Leben spielen kann. Vertrauen Sie mir!"

Bis der Tod scheidet

Mit größter Mühe schaffte es Ernesto, den Abschied von Carena nach dieser dritten Therapie-Sitzung so zu gestalten, dass bei ihr nicht alle Alarmglocken schrillten. Das Pfeifen in seinem Kopf wollte nicht mehr aufhören.

Er wankte förmlich zurück, verirrte sich im Labyrinth der Gänge zu seinem Refugium. Er bewegte sich wie in den ersten Tagen nach dem Ende seines Komas. Einer, der sich Befehle gibt, aber dessen Steuerung defekt ist. Ein Zombie. Einer, der doch tot ist.

In der klimatisierten Kühle seiner Villa fühlte Ernesto sich den Puls. Ein Pochen sagte ihm: sein Herz musste schlagen. Reicht das aber, um lebendig zu sein, im umfassenden Sinn des Wortes? Was war das für ein Hochmut, der den Dichter sagen lässt: 'Das Leben ist der Güter Höchstes *nicht*'? Prahlerischer Quatsch, ungefähr so sinnvoll wie alle Gedankenspiele um die angebliche Freiheit, lieber für das Nicht-Leben, den Tod, zu optieren.

Ernesto dachte an die Berechnungen, die er gemacht hatte. Wie viele Wörter blieben ungesagt in den fünf Jahren seines angeblich nur vorläufigen Abschieds. Und wenn ich nun auf mein ganzes Leben hochrechne: was für ein Meer an Wörtern! Im Anfang war das Wort...Gibt es nicht auch eine andere Sicht auf das Leben? Im Anfang war der Klang. Und wir alle sind aufgerufen, zu hören. Mit den anderen Sinnen zusammen die Welt zu entschlüsseln. Nicht nur nach dieser einen Art: etwas zu benennen – also ist es fortan geschieden. Der Himmel von der Erde, das Licht von der Finsternis. Weil Gott alles gemacht hat. Aber er hat uns doch viel mehr Geschenke gemacht als unsere Sucht nach Wörtern.

Der Mann in der Villa für die Laureaten schaltete „seinen" Computer ein. Automatisch sprangen alle Dienste an. Die Lauscher hinter den Wänden hatten Dienst. Sie erfassten getreulich, was Ernesto schrieb:

Ich glaube, sie haben mir den gewaltigsten Bären aufgebunden, den man sich vorstellen kann. Was für eine Arbeit sie sich machen, ihren Pfusch an meiner Gesundheit zu bemänteln mit einer Story, ich sei bloß scheinbar tot gewesen und könne nun weitermachen, als sei da nichts gewesen. „Einen Bären aufbinden"... Manche Redewendungen sind verselbständigter Blödsinn, niemand kann mehr ergründen, welcher Trottel dies in den Wortschatz der Menschheit hineingequatscht hat. Am schönsten ist noch die Idee, ein paar Jäger hätten nach gewaltiger Zeche dem Wirt gesagt, sie wollten ihm einen Bären zum Zahlungsausgleich geben. Bis der gemerkt hatte, was sich für Zechprellerei hinter diesem Versprechen lag, waren sie über alle sieben Berge.

Was war mein aufgebundener Bär? Ich hätte da einen Betriebsunfall des Lebens gehabt. Kann ja mal vorkommen. Jetzt geht' s weiter nach der Frage: war da was?

Unschuldig-listig hat sich meine Therapeutin herangepirscht an meine Lebenslüge, ich sei nicht mehr tot. Sie zapfte meine Erinnerungen an. Ich erzählte von den Erinnerungen, die angeblich mich ausmachen. Von meinen Er-Lebnissen. Aber das war alles ohne den Klang. Ohne den Grundton meines Lebens. Ohne den wie mit einer Stimmgabel vor 50 Jahren angestoßenen Gleichklang mit dem Wesen, das ich so besitzanzeigend „meine Frau" nenne. Bis dass der Tod Euch scheidet...Davor Gemeinsamkeit. Mit meiner Geliebten. Mit der Mutter meiner Tochter. Tausend Erfahrungen. Tausend Erinnerungen. Wenn das aufhört, ist die Scheidung vom Leben eingetreten. Da könnt ihr mir noch so viel erzählen.

Ernesto speicherte. Die Aufzeichner am anderen Ende fragten nach: kann das überschrieben werden? Wegen Mangel an Fakten?

Der Direktor entschied: Kommt zur ständig anschwellenden Akte „Patient Dornröschen". Für die Lauscher des anderen Lebens war das gleichgültig. Es war eben ein Job. Gut bezahlt. Ohne die sonstigen Finessen, die beim Fischen nach Daten gelegentlich aufzubringen waren.

Erkundung im Vorfeld

Für Verwaltungsdirektor Peter Schultheiß war es nun an der Zeit, sich im Vorfeld seiner Truppen zu vergewissern. Deshalb führte er Gespräche, die er „Voraus-Erkundungen" nannte. Vorfeld, bevor das „Dornröschen-Gremium" die entscheidenden Dinge in die Wege leiten konnte.

Zunächst galt es zu klären, ob an der wichtigsten Sitzung die beauftragte Psychotherapeutin Dr. Carena Magirius teilnehmen sollte. Erster Anruf an die Leiterin aller psychiatrischen Dienste.

„Hier Dr...ich meine: hier Schultheiß. Editha – wenn ich Sie so nennen darf – es geht um dringliche Entscheidungen in der Causa 'Patient Dornröschen'".

Einen Augenblick lang hatte Editha Conscientia die Versuchung, diesen Kerl durch barsche Abfuhr auf Abstand zu halten. Aber dann überlegte sie, was auf dem Spiel stand.

„Und was wäre da so dringend?"

„Es geht um Entscheidungen, wie wir diesen Ex-Koma-Patienten nach fünf Jahren wieder geräuschlos aus unserem System ausschleusen und zugleich, wie wir seine bürgerliche Fortexistenz sichern. In diesem Zusammenhang leistet Ihr Institut ja vortreffliche Arbeit. Wie steht es denn um die Erkenntnisse der Therapeutin, die Sie für diesen Fall angestellt haben?"

Kühl schaltete Editha auf Abwehr.

„Dr. Carena Magiria hat selbstverständlich mein volles Vertrauen, was die psychiatrische Begleitung dieses Mannes angeht. Aber sie ist eine eigenverantwortliche

Wissenschaftlerin. Sie hat mir zuletzt berichtet, dieser Ernesto Harland leide an einer Teil-Amnesie seiner Gefühlswelt, die für sein wieder erwachtes Bewusstsein überlebenswichtig ist. Mit anderen Worten: er hat schmerzhaft erlittene Verluste abgekapselt. Eine schockartige Begegnung mit der Außenwelt, eine nicht sorgfältig begleitete Rückkehr in seine früheren Lebensverhältnisse sind zu vermeiden."

„Gewiss doch. Bei Ihnen liegt alle Kompetenz der psychiatrischen Seite. Meine Frage unverblümt: Können Sie sich auf die Loyalität dieser Carena Magiria verlassen, wenn es um Entscheidungen geht, bei denen die höchste Güterabwägung der Schutz unserer Interessen gegen feindselige Kritik ist?"

„Frau Dr. Carena Magiria ist von mir nur in engen Grenzen lenkbar."

„Auch nicht, wenn Sie die Vorgesetzte herauskehren und mögliche Einschnitte in der Karriere andeuten?"

„Auch dann nicht."

„Verdammt!"

„Schultheiß! Ich komme zu Ihrem verfluchten 'Dornröschen-Gremium', wie Sie es nennen. Aber Ihnen ist hoffentlich klar, wie hochkomplex diese ganze verfahrene Geschichte ist. Bis zu diesem Treffen: möge Weisheit bei uns liegen."

„Mir wären Cleverness und Wahrung des Gesichts lieber."

Editha trennte nachdenklich die Verbindung. Schultheiß sondierte weiter.

„Hallo Professor Degenhardt!"

Der Chef der Neurologie war sofort an der Grenze zur Schnapp-Atmung.

„Schultheiß! Sie schon wieder! Sie lebende

Widerlegung meines unschuldigen Glaubens an einen geordneten Fortgang in meiner ärztlichen Laufbahn."

„Hektor Degenhardt! Ich hole Sie aus Ihrem Elfenbein-Turm mit einer flammenden Anklage: Sie sind ein Mörder!"

„Wieso lässt Editha Conscientia Sie immer noch frei herumlaufen? Und wo ist die Leiche?"

„Die Leiche heißt Ernesto Harland. Mein Verdacht ist unausgeräumt, dass Sie den Totenschein für diese Leiche auf Urlaub unterzeichnet haben."

Schultheiß hielt den Hörer vorsichtshalber auf Abstand. Aber der brüllende Löwe war ein Stubentiger.

„Diese verdammte Geschichte!"

„Sie sagen es. Diese gottverdammte Geschichte muss jetzt bereinigt werden. Und zwar so, dass alle Seiten schadenfrei aus der verfahrene Sache herauskommen. Sehen Sie es einmal so: welcher Mörder hat schon Gelegenheit, die Tat rückgängig zu machen? Dazu sind Sie mit der Kollegin und Freundin Editha eingeladen, Das Gremium muss tagen. Mit Beschlüssen zum Schutz unserer gemeinsamen Sache und mit einem Gesundheitsattest für ein wieder erwachtes Dornröschen mit Restlaufzeit. Es geht um praktische Dinge wie finanzielle Verpflichtungen im Austausch für ein Schweige-Gelöbnis. Ein Pass mit aktivierbarem Datum für Ernesto Harland liegt bereits vor mir."

„Ihr Tatendrang lässt mich erschauern."

„Keine Girlanden. Keine Ausflüchte. Zeit und Ort des Treffens werden mitgeteilt."

Im Wettlauf: wer drückt wen am schnellsten weg gelang Schultheiß eine Millisekunde Vorsprung.

Die to-do-Liste

Obwohl Ernesto die Nachrichten von seinem Überleben als stark übertrieben bezeichnet hatte, waren die unmittelbaren Signale, lebendig zu sein, nicht zu übersehen. Das Frühstück, das ihm dienstbare Geister auf der gesamten Skala von Versuchungen aller Art präsentiert hatten, war unwiderstehlich gut Die Sonne lachte am wolkenfreien Himmel. Ein Vogel vor seinem Fenster blickte von seinem Baum heraus herab auf eine Katze, die ihm nachstellte, mit deutlich erkennbarem Triumph: ätsch! Mich kriegst du nicht. Die Katze ließ von fruchtlosen Fangversuchen ab und entschlummerte.

Verdammt! Diese Frühstücks-Orgie war nur vor einer 18-Loch-Golfrunde zu rechtfertigen. Oder vor schwerer Nachdenk-Arbeit Wo stehe ich? Wie viele Schritte sind jetzt zu machen, bis ich mich selbst eingefangen habe?

Es gehörte zu Ernestos sonderbarer Verfassung, dass er sich nach wie vor mutterseelenallein auf der Welt wähnte. Daran hatte auch nichts geändert, dass seine Psychotherapeutin ihn an die Schwelle der Erkenntnis gebracht hatte, er leide an einer Pathologie seiner Gemüts-Verfassung. Ernesto war Hamlet. Die Zeit war aus den Fugen. Zu dieser Art, wie sein Ich der Welt nach der langen Zwangspause wieder gegenüber trat, musste man jetzt nur (nach alter Gewohnheit) „recherchieren.“

Den heutigen Nachrichten entnahm Ex-Dornröschen, dass die Welt in die Anbetung eines Kindes verfallen war. Nichts ernsthaft Neues. Dieses autistische Kind fand

Millionen von Verehrern für die Idee, freitags die Schule zu schwänzen und stattdessen gegen den klimatischen Untergang der Welt zu protestieren. Das Mädchen segelte auf einer Hi-Tech-Yacht nach Amerika, um vor dem Klimarat zu sprechen. Der Friedensnobelpreis schien ihm sicher. Nur ein einsamer französischer Philosoph namens Michel Onfrey widersprach. Das Mädchen schade der Vernunft, es sei eine Bauchrednerin der neuesten Masche des Kapitalismus, mit grünem Anstrich noch mehr zu verkaufen. Das Mädchen töte Sokrates, die ableitende Vernunft, ein zweites Mal, indem es die Furcht vor dem Untergang zum alleinigen Antrieb erklärte. Eine Autistin eben, wobei dieser Begriff bedeute: Gleichgültigkeit gegenüber der Realität. Der Philosoph, ein Atheist, zitierte listig die Bibel, Prediger 10: „Wehe dir Land, dessen König ein Kind ist".

Ernesto seufzte abgrundtief und schaltete das Radio aus. Das wird schwer werden, wieder als Zeitgenosse im Konzert der anderen seinen Part zu finden. Er fragte sich: würde ich in meinem Beruf noch bestehen? Den anderen die Nachrichten zu bringen und an den Sinn dessen zu glauben, wenn nur richtig der Hintergrund erklärt wird? Aber das muss ich wohl nicht mehr. Ich bin ein Emeritus. Wenn man fünf Jahre weg ist von den Nachrichten, ist man mausetot. Fünf Tage Abstinenz wäre schon fatal, in fünf Sekunden umgreift man global den Gesamtplaneten. Ohne dass einer noch einen Kompass hätte, was solch technischer Fortschritt wert ist.

Alles meilenweit zu hoch. In meiner Lage gilt es jetzt, einen Kassensturz zu machen. Wo stehe ich? Was muss ich tun? Welche Optionen habe ich? Mach dir eine Liste. So richtig „to-do-Listen".

Ernesto setzte sich vor „seinen" Computer und öffnete

eine neue Datei. Er gab ihr die Überschrift „Was ist zu tun?" Dass sein Rechner von gläserner Durchlässigkeit war, mit sofortiger Weiterleitung an andere, darüber war er in gnädiger Unkenntnis. Er hatte schon immer zu denen gehört, die zum Beispiel von listigen „Handy"-Betreibern abgezockt wurden und keinen Ausweg mehr fanden aus leichtfertig eingegangenen Verträgen. Weil er – weiß der Teufel durch welche Prägung - zu denen gehörte, die nie einem „Sonderangebot" widerstehen können. Und weil er nicht glauben mochte, dass tausend digitale Teufel auf ein Lot nützliche Helfer gingen.

Ernesto verschränkte kurz die Hände und ließ die Finger knacken. Dann machte er sich an die Tasten, als würden diese Widerstand leisten. Es klapperte unregelmäßig, als er sie mit unnütz hohem Kraftaufwand betätigte. Auf seinem Bildschirm (wie auf den angeschlossenen Lauschdiensten) erschien diese Liste:

1.   Ich verlange von dem Klinikum (Ansprechpartner ungewiss/der medizinische Verwaltungsdirektor?) eine Erklärung darüber, wann ich als geheilt entlassen werde. Mit welchem zivilrechtlichen Status und mit welchen Perspektiven, wieder als Normalo zu gelten. Es wird um simple Dinge gehen: wohin gehe ich? Mit welchem Geld? Welchem Ausweis? So richtig einfache Dinge, die ein anderer nie fragen würde, weil das ihm alles Selbstverständlichkeiten sind.

2.   Von meiner Psychotherapeutin muss ich eine abschließende Beurteilung bekommen, die mir die Normalität bescheinigt. „Alltagstrotttauglich" (mit drei t). Früher gab es den Freischein des Paragraphen 51 „Unzurechnungsfähigkeit". Ist ersetzt worden durch

„Zurechnungsfähigkeit". Nachdem ich vermutlich in den fünf Jahren meines Komas durch eine tiefgreifende Störung des Bewusstseins jenseits aller Vorstellungen war, was ein Menschen im Leben an Unfug anrichten kann, muss jetzt wieder eine Phase verantwortlichen Handelns beginnen. Carena muss sagen, wie weit ich wieder unter den Leuten bin. Einer mit unantastbarer Würde, wie es unsere Verfassung verheißt.

3. Ich werde alle E-Mail-Adressen meines Freundes- und Bekanntenkreises im Netz aufpolieren. Die Erfahrung mit Klassentreffen Jahrzehnte nach dem Abitur zeigte: das wahrhaft Konstante an einer Adresse ist „der himmlische Postkasten". Die Mail. Ich selber bin schon herumgezogen in dieser Welt und sah: nur ein Baustein blieb - die online-Erreichbarkeit. Wie gut, dass das Internet zu blöd ist, um etwas zu vergessen. Ein leichtsinnig ins Netz gestellter Unfug kann dich noch nach langen Jahren einholen. Da helfen auch fünf Jahre gänzlicher Abstinenz nichts.

4. Zur Ökonomie meines „Lebens danach" werde ich eine Liste der Bücher anlegen, die mir Wegmarken des Lebens waren. Man kann das etwas erleichtern, indem man auf die Bücher einschränkt, die man mit Bedauern und Traurigkeit aus der Hand gelegt hat, als sie sich dem Ende zuneigten.

5. Was ich, wenn ich wieder draußen bin, auf jeden Fall erproben sollte: ob ich je wieder Golf spielen kann. Nur im Spiel sind wir wahrhaft Menschen. Bei Dornröschen nahm nach den hundert Jahren alles wieder seinen Gang auf. Der Küchenjunge bekam die Ohrfeige,

zu deren Schwung vor hundert Jahren ausgeholt worden war. Kann ich je wieder einen Driver schwingen? Die genau dosierte Kraft für einen Putt aufbringen? Immerhin habe ich ein Buch geschrieben mit dem Titel „Mephisto Juniors Masche". Dabei habe ich dem Sohn des Teufels alle diese Dinge zugesprochen, die mit dem Spiel verbunden sind. Auf meine Weise, die des allein versöhnenden Humors, habe ich Albert Camus' Idee aufgegriffen, wir müssten uns Sisyphos doch als glücklichen Menschen vorstellen, der nie aufhört, den Stein zu wälzen, der dann wieder herabrollt...Träfe der Golfer Don Quijote beim Kampf gegen die Windmühlenflügel, so würde er nur sagen: „Ritter! Ich weiß!" - Allerdings habe ich gelesen, wie sie im Zuge ihrer rastlosen Mathematisierung des Lebens auch diesen Bereich umzingeln. Mit „Trackman" und „Flightscope" kann man Millisekunden, nachdem der Ball vom Schläger getroffen wurde, in genauester Hochrechnung sagen, auf welcher (womöglich kranken) Kurve der Ball entschwindet. Will ich das? Nein! Ich will noch einmal den Schläger schwingen mit jener Hoffnung, die nie stirbt und die doch der Schwerkraft so unterliegt. Mit anderen zusammen spielen – wird es so etwas wieder für mich geben? Die Golfer brachten es ja sogar fertig, einen Begriff positiv aufzuladen, der außerhalb seiner Kreise als Unglück gilt. Ohne zu erröten sagt er von einem Mitspieler: „er hat ein gutes Handicap."

6.   Viel schlichter noch: kann ich je wieder Auto fahren? Wenigstens Fahrrad? Als Fußgänger kein Ärgernis sein, wenn sie mit E-Scootern (von denen ich las) auf mich zurasen? Habe ich noch die Geschwindigkeit zu reagieren? Stimmen die Reflexe, die

vom Unterbewusstsein gesteuert werden und die kein „Normalo" als Leistung bezeichnet?

Bei den letzten Dingen, die er schrieb, war Ernesto immer zögerlicher geworden. Die Buchstaben fügten sich nur widerwillig zu dem, was ihm auszudrücken vorschwebte. Als er dies eingab:

Werde ich je wieder im Lied vom Leben eine Strophe mitsingen in Freude, auf der Welt zu sein? Werde ich wieder auf die Suche nach der Schönheit des Lebens gehen können, auf Reisen, wenn man den Alltag wie einen alten Mantel an den Haken hängt? Was kann ich noch oder wieder verlangen, ohne mein Konto zu überziehen?

Der Computer hatte all dies widerspruchslos geschluckt. Allenfalls etwas rot unterkringelt, wenn ihm die Gesetze der Rechtschreibung verletzt schienen. Ein geduldiger Partner, der aus 1 und 0 eine Welt als Wille und Vorstellung schaffen konnte.
Na ja, sagte sich Ernesto, ganz verzeihende Vernunft. Woher soll das blöde Ding auch wissen, was das heißt: „alltagstrotttauglich"? Selbst wenn ich da ein „t" wegnehme: der Kringel bleibt.
Noch einmal griff er in die Tasten (ohne zu ahnen, dass die Aufzeichner jetzt ein logisches Loch hatten, weil er den Kringel-Gedanken nur im Kopf gehabt hatte und nicht in das Gerät eingegeben hatte.)

Ich bin eben insgesamt ein roter Kringel – eine Beleidigung der Vernunft. Besonders im Zeitalter der rastlosen Digitalisierung sei deine Rede „ja.ja" oder

„nein.nein". Entweder lebendig oder tot. Aber nicht tot auf Widerruf. Sonst ist man eben ein „error". Den muss man „erasen".

Ernesto speicherte alles ab unter „Artist ratlos in der Zirkuskuppel". Seine Neigung zu solchen selbstironischen Eingabe-Titeln stand betrüblich im Gegensatz zum wichtigsten Kriterium: dem Wiederfinden in der Unendlichkeit des Netzes.

Aber das Wichtigste für ihn war ja auch, dass er sie verfertigt hatte: diese Gedanken-Krücken, die ihm helfen sollten, den Ausweg aus dem Labyrinth zu finden.

Des Direktors Schwur

Spät am Abend dieses Tages, an dem Ernesto zu verzweifeln begann, ging Verwaltungsdirektor Schultheiß in seine Privaträume. Ein harter Tag lag hinter ihm. Voller Abläufe, Entscheidungen, Bürokratie, Frustrationen, kleinen Genugtuungen. Die so genannte „papierlose Registratur" hatte gemündet in einer Orgie papierverschlingender Ausdrucke , weil man seit der großen Hacker-Krise misstrauisch gegenüber dem Digitalen geworden war.

Nun hängte er des Direktors formelle Anzugjacke in den Schrank, symmetrisch auf einen Bügel. Den perfekt sitzenden Windsorknoten lockerte er vorsichtig und zog die Krawatte über den Hals. Bereit für den nächsten Tag wartete das Uniformstück des korrekt gekleideten Zivilbeamten auf einem Haken. Schultheiß schloss den Schrank und drehte ostentativ am Schlüssel. Es war Zeit für den sündhaft teuren Calvados als Einstieg in den Feierabend.

Er schenkte sich ein und trank. Da fielen seine Augen auf einen Computer-Ausdruck. Mit Datum von vor wenigen Minuten. Anbei ein USB-Stick. Nachrichten von und über „Patient Dornröschen" waren ihm nach einem ständig geltendem Befehl sofort zuzuleiten, zu jeder Stunde.

Einen Augenblick lang überlegte der Direktor, ob er heute Abend nur Mensch sein wollte, ohne Dornen, nur in Pantoffeln. Dann aber griff er doch zu dem druckfrischen

Papier und vertiefte sich darin.

War es der Calvados? Waren es Ernestos hilflose „to-do-Listen", die ihn so aufwühlten? Als er alles gelesen hatte, die Fragen seines Schützlings, ob er wohl je wieder unbeschwert eine Strophe vom Lied des Lebens anstimmen könne, war der Mensch Peter Schultheiß bis in seine Tiefen aufgewühlt.

„Die arme Socke! Das muss jetzt endlich bereinigt werden. Menschlich und pragmatisch und nach allen verwaltungstechnischen Künsten!"

Er rief das laut in die Stille seines Wohnzimmers. Und es litt ihn nicht mehr im Haus. Er holte eine Jacke heraus, die er bei Arbeiten im Orchideen-Raum zu tragen pflegte, Harris-Tweed mit Ärmelschonern aus Leder. Er fischte seine bequemsten Schuhe heraus und machte sich auf den Weg in die Laureaten-Villa.

Das Klinikum war nächtlich fast bis in den letzten Winkel ausgeleuchtet. Er ging vorbei an vielen Häusern, in denen Kranke auf die Heilung warteten. Fern kam etwas Lärm von der nie ruhenden Notfall-Ambulanz. Dann die ruhigeren Teile. An der Villa, die er „Patient Dornröschen" überlassen hatte, war ein beleuchteter Klingel-Knopf.

Wie es sich für diese Villa gehörte, die Nobelpreisträgern mit hanseatischer Brillianz imponieren sollte, war das selbstverständlich nicht ein simpler Knopf, der einen Summer, Schnarrer oder einen Gong betätigte. Techniker hatten Anleihen bei Beethovens Schicksals-Symphonie gemacht. Kein Wunder, dass Ernesto irritiert reagierte auf das Motiv. Erst durch ein durchaus nicht elektronisches Pochen an der Tür wurde ihm klar, dass ihn jemand besuchen wollte. Ernesto öffnete.

Umflort von einem eilfertig angesprungenem

Außenlicht stand da ein Mensch, der verzückt Beethoven auf Abruf lauschte. Die Sache wiederholte, obwohl die Tür längst geöffnet war.

Ernesto hatte große Schwierigkeiten, den Einlass Begehrenden als den medizinischen Verwaltungsdirektor des Großklinikums zu erkennen. Dann sagte er:

„Herr Verwaltungsdirektor! Sind Sie als der rechtmäßige Eigentümer gekommen, um mich aus diesem Schlaraffenland-Traum aufzuwecken? Mich hier rauszuschmeißen? Zu so später Stunde?"

„Nein. Nein. Nichts liegt mir ferner als Sie zu vertreiben. Es ist nur so...ja wie ist es denn...Darf ich eintreten?"

Ernesto machte eine einladende Geste und sagte:

„Ich habe zwar nicht den Eindruck, ich verfügte über ein solches – aber mit so viel Grandezza, wie ich kann: *su casa*! Wobei es ja eher Ihr Haus ist."

Schultheiß stolperte herein und suchte sich einen der modernistischen Sessel aus. Er war tief, überraschend bequem. Da saß er nun, nicht erreichbar für Ironie oder Sarkasmus, und sammelte seine Gedanken.

„Hören Sie, Dorn...ich meine natürlich: Herr Harland. Ich bin gekommen, um Ihnen mitzuteilen..."

„Genscher hat diesen Satz nie zu Ende gesprochen."

„Könnten wir das lassen?" Schultheiß wirkte gequält.

„Es geht nicht um Ausreise. Es geht um Sie. Um Sie und Ihr weiteres Leben. Wir vom Großklinikum schulden Ihnen einen Übergang ins weitere Mensch-sein nach dieser...äh...bedauerlichen Zwischenphase. Wie geht es übrigens Ihren Augen?"

„Danke der Nachfrage. Ich kann Dinge wieder zufriedenstellend in Augenschein nehmen. Was sich ziemlich deutlich unterscheidet von meiner inneren Sicht.

Da sieht es ziemlich düster aus."

„Verstehe. Kann ich mir vorstellen. Ich möchte aus meiner Sicht sagen, dass Ihre Wieder-Existenz erstaunliche Probleme aufwirft – mal so gesprochen als Mensch der geordneten Abläufe und der abheftbaren Fakten."

„Es wäre günstiger gewesen, wenn ich aus gewonnener Einsicht an einer dunklen Stelle Ihres weitläufigen Geländes mein Leben beendet hätte, ehe es Scherereien gibt?"

Schultheiß (der Direktor und der Mensch) wanden sich wie Regenwürmer, wenn es regnet. Dennoch konnte er der Versuchung nicht widerstehen und sagte:

„Sie hätten in diesem Fall Ihre Biographie stärker deckungsgleich mit den bürokratischen Vermerken über Sie gemacht."

„Was soll das heißen?"

„Ich bedauere, Ihnen sagen zu müssen, dass Sie aktenmäßig seit fünf Jahren tot sind. Der Neurologie schien die Differenz zwischen den Noch-Lebens-Signalen Ihres Körpers und dem Tod so unerheblich, dass man Sie zu weiterer Forschung an den Restsignalen Ihres Hirns gleichsam irdisch abgemeldet hat."

Ernesto sah plötzlich etwas klarer.

„Verstehe. Ein Teil der Absurdität meiner Fortexistenz besteht darin, dass es mir wie Mark Twain geht, der eines Tages die Nachrichten über sein Ableben als stark übertrieben bezeichnen musste. Allerdings war er ein berühmter Schriftsteller, über den die Leute Auskunft begehrten. Bei mir sind die Nachfragen schwach, zumal ich – wie ich von Ihnen höre – seit fünf Jahren tot bin. Ein gewisser Handlungszwang ergibt sich daraus, dass ich relativ lebendig und zutiefst nachdenklich Ihnen gegenüber sitze."

Direktor Schultheiß schüttelte sich. Absurdität war nur begrenzt in seiner Vorstellungswelt. Das war ein zu beseitigender Zustand. Er versuchte, die Höhenlage des Gesprächs zu erden.

„Hören Sie , Herr Harland! Mich dürstet. Können wir dies fortsetzen bei einem geistigen Getränk?"

„Tja. Ich weiß ja nicht, wer dies hier eingerichtet hat. Aber sehen Sie da vorn diesen überaus diskret beleuchteten LED-Knopf? Er ist beschriftet mit „Butler-Service". Haben Sie Sonderwünsche?"

„Ein süffiger Württemberger – Lemberger-Trollinger ...so in der Richtung?"

Ernesto gab die Bestellung auf. Ein Schweigen stand im Raum. Der Verwaltungsdirektor raffte die Reste seiner Autorität zusammen.

„Ernesto Harland! Wie Sie selbst gesagt haben, wäre Ihnen öffentliche Anteilnahme an dieser ...äh...absonderlichen Posse des Lebens eher zuwider, weil Sie ja der bedauernswerte Part sind..."

„Woher wissen Sie das denn? Sind Sie Hellseher? Rede ich im Schlaf?"

Schultheiß überkam etwas, was ihn das Leben abtrainiert hatte: er errötete. Aus Scham über die andere, die Stasi-Seite seines Ichs. Hastig versicherte er, das sei so eine Art Hochrechnung auf einen besonderen Gemütszustand.

„Ich weiß das natürlich nicht. Ich stelle mir Ihre Lage vor und glaube inzwischen etwas von Ihrem Denken erfahren zu haben."

„Wie ginge das denn?"

Beethoven erklang schicksalhaft und erlöste Schultheiß aus der Bedrängnis. Ernesto nahm eine Karaffe Wein mit zwei Gläsern entgegen. Er schenkte großzügig ein und konnte so etwas abtragen von seinem prahlerischen „su casa."

„Auf das Leben!"

„Auf das nicht unterbrochene Leben!"

Peter Schultheiß trank innig, Er beugte sich nach vorn und suchte den Blick seines Mit-Trinkers.

„Hören Sie , Ernesto...ich darf Sie doch so nennen? Mein Vorname ist Peter. Bitte unterschätzen Sie nicht das Geschenk, das Ihnen gemacht worden ist. Sie gehen in die Verlängerung, und das Spiel ist offen. Wir vom Klinikum wissen um unsere Schuld. Wir werden einen Weg finden, wie wir zu unserer Verantwortung für Sie stehen."

„Was kann ich mir davon praktisch kaufen? Bekomme ich eine Entlassungs-Urkunde 'Nach fünf Jahren als geheilt entlassen? Bitte sehen Sie von weiteren Rückfragen ab' ?"

„Ich kann Ihre Bitterkeit nachempfinden. Aber das wird seinen geordneten Gang gehen. Ich werde die höchsten Vertreter der Ärzteschaft in eine umfassende Verpflichtung für Ihren weiteren Lebensweg einbinden. Es darf eben nur *de facto* sein und nicht *de iure.* Der zu beschreitende Weg gibt verwaltungstechnisch noch einige Probleme auf. Ich vertraue da auf ein Gremium, das ich aus höchsten Vertretern des Klinikums geschaffen habe. Ich nenne es „Dornröschen-Gremium". Ich möchte außerdem in aller Bescheidenheit reklamieren, dass ich dafür gesorgt habe, dass Sie psychotherapeutisch begleitet werden durch eine Fachkraft, exklusiv für Sie abgestellt."

„Sie meinen die bezaubernde Carena? Die sorgt sich um meine Seele auf Ihr Geheiß?"

„Sie verstehen nicht, wie etwas zum Beschluss reift als Konsens eines Gremiums. Das ist meine Welt. Haben Sie Vertrauen in unsere Fürsorge. Es gibt nur noch ein paar praktische Probleme, die aber gelöst werden."

„Kann es sein, dass das Leben in seiner unordentlichen Art manchmal pfeift auf die Ordnung, die Ihnen als Verwaltungsdirektor so heilig ist?"

Peter Schultheiß schlürfte nachdenklich die letzten Tropfen.

„Dafür könnten Sie ein ganz besonderes Beispiel sein. Aber nun gilt: Kopf hoch! Und das Motto 'Ende gut – alles gut'.

„Das gehört zu Shakespeares 'problem plays' oder auch 'dark comedies'."

„Ernesto! Kommen Sie heraus aus dieser Rille! Sie sind doch geborener Berliner und haben prägende Jahre in dieser geschundenen Stadt verbracht?"

„Verdammt viele Jahre."

„Dann wissen Sie sicher noch, dass der heimliche Herrscher der DDR Sowjet-Botschafter Pjotr Abrassimow war?"

„Gewiss."

„Dann werden Sie es noch im Ohr haben. Diese harte russische Zunge, die zum Abschluss des Vier-Mächte-Abkommens ..."

„Mich überfällt die Erinerung. Wie der Mann sagte „Ändä gutt. Alles gutt."

„Und so wollen wir für heute scheiden. In der gewissen Überzeugung, dass sich alles zum guten Ende wendet."

Schultheiß hievte sich mühsam aus dem modernen Möbelstück.

„Mir erschien das immer als ein Leckerbissen der Verhandlungskunst. Unterschätzen Sie nie die Bürokratie, der ich mein Leben gewidmet habe. Ich sorge dafür, dass eine riesige Maschinerie im Dienste der Gesundheit funktioniert...meistens..."

Ernesto entließ seinen Gast. Auf schwankender Grundlinie verschwand Schultheiß in den Tiefen des Großklinikums. In der Ferne zuckte Blaulicht von der nie ruhenden Notaufnahme.

Nachdenklich schloss Ernesto die Eingangstür. Zerstreut suchte er nach einem Schlüssel, um als treu sorgender Mieter seinen Pflichten nachzukommen. Da war nur eine unbestimmt an einen Safe erinnernde Metallplatte mit siebenstelliger Folge. Wehe dem Menschen, der sich aus dieser Welt ausschließt, weil er sein Passwort vergessen hat. Dabei hatten sie ihm noch nicht einmal eines gegeben.

Eine nie versandte Mail

Teufel auch! Es war so weit. Der „Entlassungstermin" in den Alltag war schon ganz nah. Nach dem Besuch des Direktors war Ernesto seltsam aufgewühlt. „Eigentlich" müsste er ja froh sein. Es passierte etwas mit ihm. Warum aber wurde er immer panischer, je näher das Leben, ob alt, neu, wieder gefunden, an ihn Forderungen stellte?

Der Ex-Patient Dornröschen sah sich zu mitternächtlicher Stunde in seinem Raum um. Sein Computer war im Ruhemodus, sprang aber eilfertig an, als er nachschaute unter „Was macht eine Psychotherapie erfolgreich"? Er fand so schöne Etiketten wie „Aufbau einer positiven Zukunftsperspektive/ Verbesserung der Selbstfürsorge/ konstruktiver Umgang mit Belastungs-Situationen/ befriedigende soziale Kontakte/ Kompetenz-Erweiterung".

Vielleicht konnte ihm Carena noch mehr helfen, wenn er die Panik, die von im Besitz ergriff, zu beschreiben versuchte. In der Einsamkeit seiner Laureaten-Villa kam Ernesto nächtlich auf den Gedanken, an seine Therapeutin eine Mail zu schreiben. Carena hatte ihm ihre Email-Adresse gegeben, für den Notfall. Vielleicht schreibe ich, dachte er, das erst einmal offline, in Roh-Form.

Schon das Adressieren war schwierig.

„Verehrte Dr. Carena (oder: „Dr. Magiria"? Oder

„Psychotherapeutin"? Oder schlicht „Carena?" Vermerk: „vor dem Absenden entscheiden. Weiter im Text".)

„Sie haben viel Arbeit mit dem Versuch verbracht, meine zerknitterte Seele wieder zu glätten. Nach Ihrer Arbeit geht der Staffelstab an mich. Das habe ich schon begriffen. Mein Sende- und Empfangs-Ausfall (Sie werden mir diese vertraute Wortwahl verzeihen) war doch verdammt umfassend. Ob es mich als soziales Ich noch gibt, ist ungewiss. Jetzt kommt der Ernstfall der Wiederbegegnung. Und da bin ich ziemlich skeptisch, ob ich wieder auf allen Zylindern laufen werde.

Soweit ich mit meinem alten Nachrichten-Fach die Welt an mich heranlasse, scheinen mir Abgebrühtheit, Wurstigkeit und genügend Zynismus zu fehlen.

Liebe Carena! Es ist mir klar, dass ich kein Recht habe, Sie mit solchen Nachtgedanken zu belasten. Haben Sie dennoch ein paar praktische Ratschläge für Ihren Patienten Dornröschen? Damit er nicht gleich auffliegt als Typ, der unfähig war, sein Leben als Abfolge des zu Erlebenden linear zu gestalten? Mein altes „Narrativ" (so sagen sie wohl heute) war die Idee, die Welt durch die Nachricht über sie begreifbar zu machen. Was ist denn, wenn das niemand mehr braucht? Das Abbild der Welt ist schon fix und fertig in der Hosentasche abrufbar, und was dabei stört, ist „Fakenews". Passe ich unter die?

Ich will dennoch glauben, dass ich noch ein paar Strophen zum Lied des Lebens reihen kann. Nur: wie gehe ich das an? Auf dem Weg, der vor mir liegt?"

Als diese Roh-Fassung einer Mail fertig war, blieb sie allen Instanzen erspart. Ernesto beschied: Zu wolkig. Findet nicht den richtigen Ton. Delete.

Da Ernesto eh nicht online geschrieben hatte, fiel für

diesmal auch die Überwachung seiner Gedanken aus. Patient Dornröschen schlief erschöpft ein. Da ging es ihm besser als Peter Schultheiß.

Der hatte einen grimmigen Albtraum. Die klagende Musik der Mundharmonika aus Sergio Leones „Spiel mir das Lied vom Tod" erklang schaurig. Der Strick unter dem Torbogen war um seinen Hals. Er stand auf den Schultern des schwankenden Ernesto. Der war unfähig, die Last weiter zu tragen. Der Strick begann zu würgen. Der Direktor erwachte schweißgebadet.

Peter Schultheiß brüllte laut:„Wenn ich den erwische, der mich in diese Lage brachte!". Aber keiner hörte ihn, den vor Jahren Geschiedenen, in der Stille seines Hauses.

Der Direktor wütete weiter:

„Ich denke gar nicht daran, das alles selbst auszubaden. Ich werde sie anspringen, diese Typen, die mit mir zusammen diese Dornröschen-Suppe auszulöffeln haben!"

Die Wende ins Leben

D er Wendepunkt in dieser Geschichte begann mit einem strahlend schönen Morgen. Carena erwachte in ihrer Gelehrten-Kammer mit einem Gefühl des Abschieds: *c'est finie, la guerre*. Sie sah sich um im Kreis der vielen tausend Bücher, die sie gelesen hatte. Davon galt es jetzt Abschied zu nehmen. Keines dieser Bücher gab ihr eine Handlungsanweisung.

Nein! Es gab kein Regelbuch. Sie gehörte an die Seite ihres „Patienten Dornröschen". Es gab keinen Rückzug auf eine wissenschaftlich beobachtende Haltung. Damit ist es aus und vorbei. Das therapeutische Gespräch, der Grundpfeiler ihrer Kunst, war ausgereizt. Sie war viel umfassender gefordert. Mit der Rettung eines dem Leben wieder Geschenkten war sie für ihn verantwortlich.

Carena ging ins Nebenzimmer. Alles war so karg eingerichtet wie bei einer Nonne. Der einzige Luxus war ein begehbarer Schrank, der ihre Kleidung barg. Jeans waren heute das Richtige, dazu ihr Lieblings-Pullover mit der leuchtend blauen Farbe. Sie holte den kleinen Rollen-Koffer, der sie auf so viele Tagungen begleitet hatte, wenn man sich im Jargon der Wissenschaftlichkeit austauschte. Damit wird es nun vorbei sein. Jetzt gilt es zu handeln.

Das Frühstück blieb frugal. Der Trolley war rasch und routiniert gepackt. Carena blätterte in den Akten von „Patient Dornröschen". Sie hatte viel recherchiert und glaubte zu wissen, wie sie ganz pragmatisch vorzugehen hatte.

In der Garage für den Ärztestab der Psychiatrie wartete ihr Hybrid-Auto. Sie fütterte das Navi mit Ernesto Harlands Adresse. Nicht einmal zwei Stunden weit!

Die Reise zu Ernesto Harlands „Witwe" war kurz. Die kleine Schwester der großen Hansestadt empfing sie mit der souveränen Verachtung eines mittelalterlich geschlossenen Stadtbildes gegenüber so banalen Wünschen wie dem nach einem Parkplatz. Das „Navi" lotste sie weiter in eine Region, wo die einstige Monotonie militärischer Bauten abgelöst wurde durch zeitgenössisches Bauen mit höchst unterschiedlicher Architektur.

Carena stellte ihr Auto ab und sah ein zweistöckiges Haus hinter majestätischen Eichen. Sie fand die Adresse „Ernesto Harland" und drückte auf den Knopf. Über die Rufanlage meldete sich eine reserviert klingende Stimme:

„Sie wünschen?"

„Frau Harland? Ich komme vom Großklinikum."

„Daran habe ich keine guten Erinnerungen."

„Darf ich dennoch..."

Die Tür schnarrte. Carena drückte sie auf und ging schnellen Schritts in den ersten Stock. Eine Tür war geöffnet.

Eine zierliche Frau. Graue Haare, ohne die Färbekunst der Friseure, aber mit dem Stolz, dem Alter furchtlos zu begegnen. Augen, die viel geweint hatten. Abwehrend, jedoch ohne Feindseligkeit. Sie bat herein.

„Ich muss Ihnen sagen, dass ich an das Großklinikum nur schmerzliche Erinnerungen habe. Ich habe viel Zeit gebraucht, um das Schlimmste zu überwinden. Was könnte es denn jetzt noch zu besprechen geben?"

Carena überfiel eine Hemmung, die sie als Therapeutin nicht haben dürfte, Wie soll ich das schaffen? Welche Worte kann ich wählen,um eine unglaubliche Botschaft zu überbringen: Ihr Mann ist gar nicht tot. Vergessen Sie alle Trauer. Streichen Sie fünf Jahre, die gewiss die bittersten Ihres Lebens waren.

Welchen Vorwand hatte sie sich zurechtgebogen? Es ginge darum, etwas zu schreiben über den Journalisten Ernesto Harland und die Zeugnisse, die er hinterließ. Kaffee wurde gemacht. Eine lebhafte Stunde verging mit den Spuren, die ein schreibender Mensch hinterlassen hat. Aber allmählich wurde „die Witwe" misstrauisch.

„Von welcher Abteilung des Großklinikums sind Sie? Da geht es doch nicht um die Biographien verstorbener Patienten?"

Jetzt oder nie! Carena ergriff die Hände der Frau und entriss Ernesto dem Totenreich. Wie sie die Worte fand, war ihr später selbst nicht mehr klar. Aber sie schaffte es. Am Ende lagen die beiden Frauen einander in den Armen und weinten.

„Und das ist kein grausamer Scherz? Was müssen wir denn jetzt tun? Es stellen sich doch jetzt tausend Fragen..."

Endgültig wurde aus Dr. Carena Magiria, der kühlen Therapeutin, deren Sache die Analyse war, die Frau der Taten. Sie wurde die große Verräterin an ihrer Institution, die Schuld auf sich geladen hatte. Aus dieser Motivlage heraus sagte sie.

„Hannah! Ich habe einen großen Plan. Wie wir das schaffen. Das kann ja nicht so sein wie bei Dornröschen, wo alles genau an dem Punkt fortsetzt, da es einschlief. Bitte packen Sie ein paar Sachen ein. Ich nehme Sie mit. In der Nähe des Großklinikums ist ein Hotel. Ich lasse

Ihnen die Zeit, die Sie brauchen, um ein Fest des Wiedersehens zu feiern. Dann ziehen wir in den Kampf um Ernestos Rechte und seinen Platz im Leben."

Carena klagt an

Kann man eine Mail gestalten wie die Einladung zu einem Ereignis von höchster Dringlichkeit? Mit dem ganzen Pomp seines Titels „Medizinischer Verwaltungsdirektor des Großklinikums" wob Peter Schultheiß Sprach-Girlanden. „Ich bitte Sie dringlich um Ihre Teilnahme". Ausgewiesen als Ort war die Dienstvilla des Direktors. Er hatte dort einen Raum, in dem er im Kreis gewichtiger Menschen Entscheidungen abstimmte. Dabei ging es um Millionen und oft sehr viele Menschen. Heute ging es nur um einen: um 'Patient Dornröschen.'

Frühzeitig wählte der Direktor seinen Platz zwischen hohen Fenstern, umrahmt von Akten. Er war entschlossen, auch im Kreis anderer Alpha-Wesen seinen Platz zu behaupten. Da nicht einmal Service-Personal zugelassen war, wollte er die Bewirtung mit Kaffee selbst übernehmen. Und auch das Protokoll führen (was ja oft Vorteile hat).

Herein rauschte die Leiterin aller therapeutischen Einrichtungen. Editha Conscientia war aufgebrezelt und in einer Stimmung, in der Kundige ihre Nähe zu meiden wussten.

Mit großer Welle kam auch der Chef der Neurologie, Professor Hektor Degenhardt. Er hatte das Handy am Ohr und brüllte einen Schwall von letzten Anweisungen, bevor er für eine auf keinen Fall zu unterbrechende Sitzung unerreichbar wäre.

„Haben Sie das verstanden?"

Deutlich vernehmbar die kecke Antwort eines todesmutigen Assistenten, der sagte:

„Jawohl, Herr Professor. Sie müssen nicht so eine Art Hohldraht-Verfahren für Ihre Befehle nutzen. Das Gerät ist fähig, elektromagnetische Schwingungen zu übertragen."

Peter Schultheiß stand auf, um die Tür feierlich und demonstrativ zu schließen. Bevor er dies tun konnte, schlüpfte die Psychotherapeutin Dr. Carena Magiria in den Raum. Carena trug ein rotes Kleid. Ihr hübsches Gesicht hatte einen leichten Widerschein dieser Farbe. Sie wirkte wie ein Vogel, der ungeachtet seiner Größe bereit war, alles zum Schutz seiner Art zu tun. Wenn es etwas so Ironisches gibt: eine Kampf-Meise.

Peter Schultheiß war ganz der Zerberus.

„Vielen Dank, Frau Dr. Magiria! Sollte Ihre Expertise benötigt werden, wird es Sie dieses Gremium rechtzeitig wissen lassen. Wenn Sie uns nun bitte allein lassen..."

„Schultheiß!" Editha Conscientias Zündpunkt war erreicht und überschritten. „Wenn Sie nicht augenblicklich meiner Mitarbeiterin einen Stuhl in der ersten Reihe anweisen, verlasse ich auf der Stelle diesen Raum. Sie wissen, was das heißt für Ihre angeblich geheime Kommandosache Dornröschen!"

Der Direktor wollte reden. Da sprach Professor Degenhardt in normaler Lautstärke, was einem eindringlichen Flüstern nahe kam.

„Schultheiß! Sie haben jetzt erst einmal Sendepause. Wir wollen hören, was eine Ärztin zu sagen hat, die Dornröschens Therapeutin ist".

Carena blieb stehen. Ihre Stimme war fest, ohne Anzeichen von Hysterie oder Aufregung. Aber sie war die

Stimme der Anklage, die gegen das Infame zu Felde zog. Eine heilige Johanna, bereit für den Scheiterhaufen.

„Ich klage Sie alle an. Sie haben sich vergangen an den Rechten eines Menschen, der wie durch ein Wunder stärker als der Tod war. Als einer zurückkam, aus fünf Jahre währender Bewusstlosigkeit, haben Sie darin nur eine Bedrohung gesehen. So wie Sie sich verhielten, hätten Sie auch einen Mörder dingen können, der das Problem der Leiche beseitigt."

Peter Schultheiß (der Mensch) zuckte zusammen. Was hatte ihm sein Freund, der Anwalt, geraten? Da hatte er sich noch moralisch gefeit gewähnt gegen solche Anfechtung. Und nun sollte er dennoch ein Mörder sein?

Mit diesem so eindringlichen Fast-Flüster-Ton fragte der Chef der Neurologie:

„Sie spielen darauf an, dass wir aus praktischen Gründen einen Totenschein ausstellen ließen? Aber bedenken Sie: wir haben getreu unserem Eid das Überleben dieses Menschen gesichert. Mit einem Pflege-Aufwand, der seinesgleichen sucht."

Carena war weiter in der Rolle von „Ich klage an!"

„Der Totenschein, damit sie unbehelligt von Nachfragen an einem als erloschen ausgewiesenem Hirn forschen konnten. Erst eine Katastrophe, der Zusammenbruch digitaler Systeme, nahm Ihnen das Heft des Handelns aus der Hand. Der Tote weigerte sich zu sterben. Das war irregulär. 'Patient Dornröschen' , wie Sie ihn nennen, hat seitdem all das zurückerobert, was einen Menschen ausmacht: sein Ich. Sein Bewusstsein. Mit Verwerfungen. Statt dabei zu helfen, haben Sie völlig einseitig die Sicht Ihrer Großklinik verabsolutiert und zu keiner Stunde da angesetzt, wozu Sie Ihr hippokratischer Eid wahrhaft verpflichtet hätte: dem Menschen Ernesto Harland zu helfen, wieder ins Leben zu finden."

Der Direktor hatte die Mordanklage genügend verarbeitet, um Beifall heischend zu fragen:

„Wir sind doch nicht dazu da, Menschen wieder ins Leben einzuschleusen. Es ist doch schon Arbeit genug, Krankheiten zu heilen und mit einer riesigen Organisation der Gesundheit zu dienen. Da hat höchsten Rang! Was verlangen Sie denn ganz praktisch von uns?"

Carena nahm Platz. Sie hatte die Anklage verlassen. Nun war sie die Verteidigung.

„Weil der aus dem Koma erwachte Ernesto Harland keinen wahren Anwalt hatte, musste ich diese Rolle übernehmen. Der zum Leben wieder erwachte 'Patient Dornröschen' musste zum Schluss seine Entlassung aus dem Labyrinth des Großklinikums wie eine Drohung empfinden. Er dünkte sich ganz allein, nach fünf Jahren von allen Bindungen des Lebens abgeschnitten. Das wissen Sie, Direktor Schultheiß, ganz genau, weil Sie eine totale Überwachung verfügt haben."

Carena spürte: eine ganz auf Konfrontation angelegte Verteidigung konnte ihren Zielen nicht dienlich sein. So fuhr sie versöhnlicher fort:

„Ich bin kein praktischer Mensch. Die Explosions-Zeichnung eines Ikea-Regals kann mich in tiefste Verzweiflung stürzen. Warum es meine Rolle war, bei Ernesto Harlands vorherigen Lebens-Verhältnissen anzusetzen und niemand anders da war, dies zu tun, ist mir unbegreiflich. Zu dieser Stunde befindet sich 'Patient Dornröschen' wieder vereint mit seiner Frau, die Sie durch Ihre Machenschaften zur Witwe gemacht hatten, nur wenige hundert Meter entfernt in einem Hotel. Er wartet darauf, was dieses Gremium beschließt."

Editha Conscientia starrte ihre wissenschaftliche

Mitarbeiterin an, als hätte sie einen Zaubertrick gemacht. Professor Hektor Degenhardt hatte einen kurzen Rückfall in seine akustischen Gewohnheiten und brüllte – an niemand persönlich gewandt - „Das hält man doch im Kopf nicht aus." Der Direktor war erschüttert. Bis er sich fast stammelnd aufraffte:

„Verlangen Sie, dass der Mann seine Sache vor diesem internen Gremium selber vertritt...als einer, der Wiedergutmachung will?"

„Nein. Das kann ich mir nicht vorstellen. Nach dieser unglaublichen Phase ihres Lebens werden Herr und Frau Harland nicht einfach in den Alltag zurückkehren können. Sie können mit ihrem Leben nicht einfach so weitermachen. Ich habe stellvertretend ein Bündel von Forderungen ausgearbeitet."

„Finanzielle Forderungen?"

Der Direktor witterte Unheil, hatte aber schon die weiße Flagge gehisst. Anwältin Carena wusste ihren Vorteil zu wahren.

„Ich verlange, dass dieses Gremium und damit das Großklinikum ausdrücklich Verantwortung übernimmt für das weitere Leben der Harlands. Dazu gehört, vorgeschaltet vor ihren späteren Alltag, eine große Weltreise in einer angemessenen Komfort-Stufe."

„Wo soll denn so etwas ressortieren? Wer soll so etwas unterschreiben? Ich, der Verwaltungsdirektor?"

Carena spielte kühl den nächsten Stich.

„Nach meinen Recherchen steht das Klinikum vor einer Großinvestition in Sachen Hirnforschung durch künstliche Intelligenz. Sie, Herr Direktor, werde Ihre Kunst darauf verwenden, innerhalb dieser riesigen Menge von Forschungsgeldern etwas abzuzweigen für moralische Altlasten. Ihr Geschick wird es sein, dies vor einer

Öffentlichkeit zu verbergen, deren Fragen Sie scheuen wie der Teufel das Weihwasser."

Ein Geräusch erfüllte den Raum, das knapp unterhalb der Schwelle einer Detonation war. Es war der Chef der Neurologie bei einem Ausbruch von Heiterkeit. Dann stand er auf und verneigte sich ironisch vor dem Direktor:

„Na los, Schultheiß. Es geht zwar auf meine Kosten. Aber das deichseln sie schon! Ich persönlich bin der Meinung, dass etwas so Begrenztes wie ein menschliches Einzelhirn ein romantischer Quatsch ist. Wir werden das ablösen durch Super-Intelligenz. Daran werden wir hier unseren Forschungs-Anteil haben. Ein winziger Rückschlag dabei ist zu verkraften. Wenn es dem Glück dieses wieder funktionierenden Burschen dient: Los! Zaubern Sie!"

Der medizinische Verwaltungsdirektor überlegte einen Moment lang die ganz große Geste: Macht das ohne mich! Ihr werdet elend scheitern an der Ausführung. Aber da war er schon am Haken der ersten Überlegungen: wie schleuse ich eine vom Großklinikum finanzierte Weltreise an allen Kontroll-Gremien vorbei? Alles rotierte bereits in seinem Kopf.

Die oberste Herrin der Psychiatrie gab dies noch zu Protokoll (das der Direktor zu schreiben hatte):

„Dieser Fall 'Patient Dornröschen' muss umfassend wissenschaftlich dokumentiert werden, auch wenn eine Veröffentlichung vorerst nicht möglich ist. Ich möchte diese Aufgabe an Dr. Carena Magiria übertragen und möchte dies ausdrücklich im Abschluss-Protokoll vermerkt haben."

Keiner hatte den Kaffee des Direktors getrunken. Als sich das Dornröschen-Gremium auflöste, schrillte das

Telefon von Professor Degenhardt. Seine Erkennungs-Melodie war aus unklaren Gründen „auf der Reeperbahn nachts um halb eins."

„Ja, bin ich denn nur von Idioten umgeben? Die Versuchsreihe muss umgehend wiederholt werden."

„Können Sie sich bitte bei mir melden?". Der Direktor klang kläglich beim Versuch, die Psychotherapeutin zu vereinnahmen.

„Nicht bevor ich im Hotel Bescheid gesagt habe."

Post aus aller Welt

Der Direktor hatte einen scheußlichen Tag hinter sich. Zu den Lasten, die er zu schultern hatte, kamen auch die Listen und Finten, die er in Sachen „wieder erwachtes Dornröschen" zu machen hatte.

Pünktlich war die nächste Postkarte der Woche gekommen. Er hatte das bunte Stück aus einer versunkenen Epoche der Info-Übermittlung aus dem grauen Haufen der Tagespost herausgefischt und an die Wand gepinnt. Neben die anderen bunten Vögel.

Jetzt freute er sich auf den Schach-Abend mit seinem Freund Erik Freger, dem Stadtkämmerer. Da war er schon, der Gong.

„Erik! Ich habe das deutliche Gefühl, ich könnte Dich heute schlagen. Komm herein. Alles ist gerichtet."

Bevor es zur Zeremonie kam: weißer Bauer/schwarzer Bauer in der Faust zum Entscheid, wer den Eröffnungszug zu machen hatte, fielen Freund Eriks Augen auf die Wand mit den bunten Postkarten.

„Was ist das denn für ein Stück Nostalgie? Hast Du Korrespondenz mit einem reisefreudigen Altersheim?"

Peter Schultheiß schob das Schachbrett beiseite. Er hatte es schon herbeigesehnt: mit einem Freund sich Lasten von der Seele zu reden. Er stand auf und holte die letzte Postkarte von der Wand.

„Ich lese Dir vor, was darauf steht:

Lieber Herr Direktor,
diese Karte grüßt Sie aus Vancouver. Die Einwohner
fahren entweder an die Strände am Pazifik oder ganz
nah in den Wintersport. Mitten in der Stadt der Hafen für
die riesigen Schiffe. Wir wollen in British Columbia noch
den Bären beim Fangen der Lachse zuschauen. Das Lied
vom Leben ist doch schöner als das vom Tod. Herzlichst
Ihre Harlands."

Erik sah gebannt zu, wie sein Freund die Karte wieder
an die Wand pinnte.

„Das ist ja Dein putzmunteres Dornröschen! Hast Du es
nach dem Aufwachen in die große weite Welt geschickt?
Wie kann es sich das leisten? „

„Ich finanziere es. Zusammen mit seiner Frau reist
Ernesto Harland, vormals Wachkoma-Patient meines
Großklinikums, zusammen mit seiner Frau durch die
Welt. Und es ist eine Heiden-Arbeit, das unter der Kappe
öffentlicher Wahrnehmung zu halten. Die Wahrheit ist:
ich werde erpresst. Wenn ich da nicht mitmache, wird
das 'Leben des Ernesto' in Breitwand und Farbe zum
Skandalon, das mich hinwegfegt."

„Hatte ich Dir nicht geraten, diese Sache mit einem
gedungenen Mörder zu erledigen? Kein Dornröschen-
kein Aufwachen. Aber vielleicht hast Du Recht. Die
Tünche von Zivilisation macht Feige aus uns allen."

„Vor allem, wenn Du noch eine selbst ernannte gute
Fee, eine Psychotante aus unseren eigenen Reihen, als
Nemesis hast. Weiß der Teufel, wie viele Postkarten mich
noch erreichen werden. Und wenn er wieder zurück ist,
diese Ex-Leiche auf Urlaub, haben wir für immer eine
Fürsorgepflicht. Täglich bete ich auch, dass der Kerl
nirgends so auffällt, dass sich einer einmal seinen
Reisepass sorgfältig ansieht. Das hält der nicht aus.

Dabei hat es mich verdammt viel gekostet, das Ding fast legal zu besorgen."

Erik Freger sah seinen Freund Peter Schultheiß prüfend an.

„Ich habe den Eindruck, dass diese Dornröschen-Variante Dich viel gekostet hat und es wohl weiterhin tut. Wie Du angesichts dieser Belastung den Optimismus aufbringst, Du könntest mich heute im Schach besiegen, ist mir nicht so ganz klar."

Peter Schultheiß verschloss zwei Bauern in der Hand. Erik tippte .

„Schwarz für Dich. Ich eröfffne schottisch."

Das Spiel nahm berechenbar seinen Verlauf. Wie üblich wetterte der Direktor gegen die Winkelzüge, die einige Figuren machen dürfen.

„Matt in drei."

„Scheißspiel!"

„Wie kann man auch seine Dame so früh opfern!"

„Diese Dame hatte für mich mehrere Namen. Überhaupt: Weiber! Wenn Du mit einer Editha Conscientia oder Carena Magiria zu tun hättest, würdest Du schreiend davonlaufen. Aber mit mir können sie es ja machen. Ich glaube, ich habe Lust, mich heute zu betrinken. Wenn mir einer noch einmal erzählt, das Leben sei der Güter Höchstes !"

„...*nicht*. Das Zitat von Schiller aus der „Braut von Messina lautet: ..."ist der Güter Höchstes *nicht*."

Erik Freger war auf eine Schiller-Schule gegangen. So war er mit klassischer Bildung ausgestattet oder geschlagen.

„Ich kann Dir sogar sagen, wie es im Zusammenhang weiter geht. Nach diesem wegwerfenden Spruch „Das Leben ist der Güter Höchstes nicht" kommt die Zeile „Der

Übel größtes aber ist die Schuld".

„Schiller verstand nichts von Verwaltung"

„Er hatte Rechtswissenschaften studiert, bevor er Militärarzt wurde, war Professor der Philosophie. Mehrfach gab es Gerüchte über sein Ableben bevor er mit 45 Jahren starb. Wir verdanken ihm das Lied an die Freude, das - von Beethoven vertont - zu Europas Hymne wurde."

„Ich kenne keine Klassiker. Nur ein Zitat von Schillers Altkumpel Goethe. Es lautet unredigiert bei Götz von Berlichingen 'Er aber, sag's ihm, er kann mich im Arsche lecken'. Passt oft!"

Freund Erik füllte die Gläser.

„Wie ich es sehe, arbeitest Du daran, der Übel größtes, die Schuld, abzuarbeiten. Nein, nein! Komm mir jetzt nicht damit, wer nun wirklich Schuld hatte oder wer als nicht direkt Beteiligter nun dennoch dran ist. Schiller hatte übrigens promoviert mit einer Abhandlung 'Versuch über den Zusammenhang der tierischen Natur des Menschen mit der geistigen.' Ein Fall Ernesto oder das unerwartete Leben nach dem Leben hätten ihn inspiriert."

Peter Schultheiß nahm noch einen gewaltigen Schluck. Dann sagte er mit Schwierigkeiten beim Artikulieren:

„Erik! Diese Typen von den Neurowissenschaften haben jetzt das künstlich erzeugte Koma als Pause des Bewusstseins fest in ihr Programm aufgenommen. Wenn da noch ein paar Dornröschen entstehen, werde ich zum Mörder. Und Du besorgst mir einen Anwalt, der ein Gericht überzeugen kann, wo der Übel Höchstes liegt."

„Wo denn?"

„Bei unklarer Verwaltung. Der Dinge. Der Abläufe. Des Lebens..."

Ernestos Postskriptum

Die Psychotherapeutin Carena Magiria hatte wieder ihr Zimmerchen im Klinikum bezogen. Mit der angenehmen Sonderrolle, den Fall Ernesto Harland wissenschaftlich zu dokumentieren. Das hieß: sie war erst einmal von der Alltags-Aufgabe entbunden, sich um Patienten zu kümmern.

Umringt von hunderten von Dokumenten hörte Carena den Postkasten klappern. Sie runzelte die Stirn. Ein Brief? In diesen Zeiten. Sie angelte nach dem kleinen Schlüssel und öffnete das Fach. Ja! Da war ein dicker Brief, korrekt frankiert als Doppelbrief mit der Adresse „Dr. Carena Magiria, Leitende Psychotherapeutin im Großklinikum." Absender: Ernesto Harland. Carena schmunzelte über die kleine Eitelkeit des aufgeklebten Absenders, der „Journalist" und „Autor" nannte neben der postalischen Anschrift und der Mail.

Sie hatte längere Zeit nichts von Ernesto gehört hatte, wusste ihn auf Reisen in allen Erdteilen. Mehrfach hatte der Verwaltungsdirektor im anklagenden Tonfall bemerkt, er erhalte Post von Dornröschen aus aller Welt. Er hatte sie gefragt, ob sie nun stolz sei ob solch ruinöser Schnitzeljagd auf Kosten des Klinikums. Ihre Chefin, die Leiterin aller psychiatrischen Einrichtungen, hatte ihr geraten, darauf nicht einzugehen.

Mit einiger Ungeduld machte sich Carena auf die Jagd nach einem Öffner. Sie machte es sich bequem, als sie ein umfangreiches Schreiben in den Händen hielt. Die Blätter waren zu glätten. Dann versank die Welt um die Leserin. Der Latte Machiato im Glas wurde lau, die einzelnen Blätter fielen zu Boden.

Liebe Carena! Erlauben Sie mir eine so nahe Anrede. Meine Frau und ich, wir sind wieder zurück von großer Reise, auf der wir dem Sinn des Lebens nachjagten. Odysseus ging es ja nach seinen Abenteuern denkbar schlecht im Alltag. Es wird Sie, die Sie so viel Anteil an meiner Amnesie genommen haben, freuen, dass ich – im Alltag angekommen – in ausreichend heiterer Verfassung bin. Eigentlich müsste ich täglich eine Kerze anzünden dafür, dass es meine Frau gibt, dass sie für uns das tägliche Lied vom Leben meistert. Mein Seepferdchen (ich erinnere mich, wie Sie mir einmal den Sitz der Erinnerungen mit dieser Bildlichkeit erklärten) ist prall gefüllt.

Keine Sorge! Ich werde nicht nerven mit schwärmerischen Schilderungen dessen, was wir erlebten. An die größte Reise meines/unseres Lebens. Aber von einer Sache muss ich doch berichten. Es war für meine Frau und mich ein so starkes Erlebnis, dass es alles andere Überstrahlte.

Geografisch ist das, worüber ich schreibe, auf der kleinen Kanaren-Insel La Palma geschehen. Es war ein Abenteuer des Geistes in der erhabensten Form.

Wir waren im Norden der Insel gewandert zum Roque de los Muchachos. Den ganzen Tag über hatten wir Farben von solcher Intensität erlebt, dass wir trunken waren. Wir hatten die Batterien von Observatorien gegen den unglaublich blauen Himmel gesehen. Nun waren wir, nach langer Vorbereitung, bei einer Astronomin angemeldet, die bereit war, über ihre Wissenschaft mit

Laien zu reden.

Die Nacht fiel herein über der Caldera, die allen anderen Calderas diesen Namen gegeben hat. Da standen wir und glaubten Teil des Weltraums geworden zu sein. Die Sternenpracht war überwältigend. Kants „Anblick des bestirnten Himmels"...Uns war heilig zu Gemüt. Ich kann nur dieses Wort nutzen für ein unmittelbares Gefühl von Transzendenz.

Die Insulaner von La Palma haben sich ein „Ley del Cielo" gegeben, eine Verpflichtung gegen die Lichtverschmutzung. Es ist Voraussetzung für Instrumente, die in Tiefen des Universums vordringen, für die es keine Vorstellungskraft mehr gibt.

Wir waren eingeladen in eines der größten Observatorien. Der Raum neben der gewaltigen Teleskop-Maschinerie war winzig und mit Messblättern voller mathematischer Formeln angefüllt. Hier begegneten wir der Astronomin Astrid Astradama, eine Canaria mit deutschen Wurzeln. Sie wollte mit Menschen reden und so der Einsamkeit ihres Zwiegesprächs mit den tiefsten Tiefen des All entrinnen. Ausdrücklich ermunterte sie uns: es gäbe keine falschen Fragen. Sie war bereit, den Sinn ihrer Wissenschaft zu hinterfragen.

Die alte Dame hatte tiefe Falten im Gesicht und Augen, die schon lange von der Welt abgewandt waren. Sie war uns freundlich zugewandt, aber doch weit weg. Immerhin hatte sie für uns Kaffee zubereitet. Mit einiger Mühe fanden wir ein Plätzchen auf dreibeinigen Schemeln, die gewiss nicht nach ihrer Bequemlichkeit ausgesucht worden waren. Es war unendlich still in diesem Sternen-Kabuff. Wir tranken Milchkaffee, der durch Beigabe von Zucker genießbar wurde.

Die Astronomin sprach fast träumerisch.

„Wenn ich einmal Bilanz ziehe: was hast du erreicht auf diesem Berg mit deinem ewigen Drang, immer tiefer ins Universum zu schauen – da wir es eher eng. Immerhin" (ein wunderbares Lächeln überzog ihr Gesicht) „Sie werden vielleicht einen Exoplaneten nach mir benennen."

„Ein Stern, der Deinen Namen trägt", wagte ich keck zu zitieren, Aber unsere Astronomin war Lichtjahre von Helene Fischer entfernt. Und sie korrigierte mich sofort: es handele sich um einen extrasolaren **Planeten** mit eigener Gravität. Der erdnächste **Stern** sei dort (sie zeigte mit einem Laserpointer) Proxima Centauri. Der sei „nur" 4,24 Lichtjahre entfernt.

„Das ist, gemessen an meinem Exoplaneten, geradezu lächerlich nahe."

Wir fragten, wie lange man denn wohl bräuchte, um zu ihrem Exoplaneten zu kommen. Die Astronomin lächelte und sagte:

„Ich will es Euch einmal so erklären. Die am weitesten gereiste menschliche Sonde mit dem Namen Voyager 1 ist dabei, unser Sonnensystem zu verlassen. Sie ist 76tausend Jahre unterwegs, um zu meinem Exoplaneten zu kommen. Dabei gibt es welche, die sind 22tausend Lichtjahre entfernt. Mit der Geschwindigkeit von Voyager 1 brauchte die Sonde 380 Millionen Jahre...Aber schaut doch nicht so erschüttert."

Ich fragte:

„Sind Lichtjahre denn die Grundeinheit Ihrer Wissenschaft? Wo in einer Sekunde das Licht 300tausend Kilometer durchmisst?"

„Nein. Wir Astronomen haben uns eine Grundeinheit AU gegeben, die sehr heliozentriert ist. Danach ist die Erde 1 AU von der Sonne entfernt, im Mittel 150

Millionen Kilometer. Seht Ihr dort Euren 'Abendstern'? Das ist die Venus, 0,7 Au von der Sonne entfernt. Saturn hat 9,5 AU, Neptun 30,1. Ein Lichtjahr sind 63tausend 240 AU – leicht umrechenbar."

Ich glaube, wir sahen ziemlich vernagelt aus. Die Astronomin betrachtete uns vergnügt mit ihren Augen, die so selten Irdisches in den Fokus nehmen. Sie schenkte uns von ihrem Milchkaffee nach. Dann machte sie uns ein überraschendes Geständnis.

„Einige Tage nach der Entdeckung meines Exoplaneten hatte ich alles eingestellt und betrachtete in törichter Verzückung 'mein Geschöpf'. Da passierte es: ich wurde von einem gewaltigen Nieser erschüttert, kam gegen die feinstempfindliche Einstellung – und mein Anspruch auf astronomischen Ruhm wer erst einmal weg. Ich hatte das Okular um 13 Lichtjahre verschoben und brauchte den Rest der Nacht, um die Koordinaten wieder einzustellen. Und da durchfuhr es mich. Es ist nicht dieser tiefe Weltraum da draußen, der so erschauern lässt. Es ist die Fähigkeit des menschlichen Hirns, in dieser Unbegreiflichkeit mathematische Formeln zu finden. Gelassen auszusprechen: 500 Millionen Lichtjahre. Im Wissen darum, dass Licht in einer Sekunde bei so archaisch definierter Zeiteinheit 300tausend Kilometer reist. Die wahre astronomische Einheit ist zwischen unseren Ohren. Hier, im Hirn, wird sich alles entscheiden. Ob wir der superintelligenten Maschine das Feld überlassen, die uns umgehend abschafft. Ob wir unseren kleinen blauen Planeten mit unserer Gier zerstören, ob wir weiter der Einsicht ideologische Knüppel in den Weg werfen...alles."

Ein Schweigen war im Raum. Wir glaubten die Melodie der Ewigkeit (wenn es so etwas gibt) zu hören. Im veränderten Ton sagte unsere Himmelsforscherin:

„ Seht Ihr dort diesen rasch verschwindenden Himmelskörper? Das ist kein Komet. Es ist die in 90 Minuten die Erde umkreisende Raumstation ISS. Sie bringt nicht viel, diese Forschungsstation im All, gemessen an einem Teleskop wie dem unseren. Aber es ist angesichts des kalten Universums ein kleines Zeichen menschlicher Gemeinschaft. 16 Nationen sind beteiligt – und schon gibt es Sorgen, wie dieses Stück Klempner-Arbeit entsorgt werden soll, in wenigen Jahren. Es ist aber eine Erinnerung: wir müssen mehr wissen. Wir sind verdammt dazu, zu forschen."

Ich wagte es, meinen Fall anzusprechen. Fünf Jahre Ausfall des Hirns, Tod auf Probe, Rückkehr ins Leben. Die Astronomin Astrid Astradama hörte zwar anteilnehmend zu. Aber diese winzige Schaltsekunde in einem Leben war für sie und ihr Denken völlig irrelevant.

„Das kann nur heißen, dass Sie nach einem solchen Ausfall um so intensiver auf die Signale ihres Denkens achten. Alles werden sie jetzt noch bewusster erleben. Gewiss auch diese Nacht unter diesem Himmel."

Ein erstes Ahnen von „mehr Licht" kam auf. Die Astronomin sprach leise.

„Lassen Sie uns schweigend zuschauen, wie die Sonne eines neuen Tages kommen wird und für unsere Augen bis zur nächsten Nacht das Wissen auslöscht, was wir für winzige Partikel des Universums sind."

Liebe Carena! Ich werde das nie, hoffentlich nie vergessen, wie die ersten Strahlen eines neuen Tages kamen, wie die Erde erwachte, wie der Mond aussah, als habe er vergessen unterzugehen.

Die Astronomin wusste, dass unsere Augen noch nicht wieder da waren, am steilen Roque de los Muchachos.

Sie hatte vorausschauend für uns ein Fahrzeug bestellt, das uns zurück in die Ebene, zurück in die kleine Hauptstadt Santa Cruz de la Palma brachte. In gleißendem Licht einer Sonne, gegen die man sich schützen musste.

Ja – ich bin jetzt wieder da. Wenn ich einmal verzweifele, weil die Nachrichten, die verdammten Nachrichten der zerstrittenen Menschen alles in grelle Dissonanzen zerreißen: Ich will doch glauben an das Lied vom Leben. An all das, was ich im zweiten Anlauf erleben durfte, mit Ihrer Hilfe.

Hier endete der Brief mit einer handschriftlichen Unterschrift. Aber da war noch ein Postskriptum.

Carena hatte einmal einen Essay über das Phänomen geschrieben, dass viele Menschen ein PS hinter einer Botschaft zuerst lasen und wie die Werbeindustrie diesen Effekt auszunutzen wusste. Sie selbst gehörte nicht zu den PS-First-Lesern. Aber nun las sie Ernestos Postskriptum. Das sogar noch einen Post-PS hatte:

„PS. In sarkastischer Stimmung ließ Astronomin Astrid Sympathien für die Theorie erkennen, Außerirdische hätten sich mit dem menschlichen Hirn einen Scherz erlaubt. Sie überdimensionierten es über die Aufgabe hinaus, die Sinneseindrücke zu koordinieren. Sie pflanzten in uns einen absoluten Erkenntnisdrang – aber jedes Wissen war nur ein Staubkorn in einer grenzenlosen Wüste. Ihr grausamer Humor ließ uns die Fähigkeit zur Selbstzerstörung unseres Planeten unentwegt steigern – im bösartigen Wissen darum, wie wir verfasst sind.

PPS: Kann es sein, dass sie auch für einen Ein- und Ausschalter des Bewusstseins verantwortlich sind? Wäre das nicht ein wunderbares Forschungsthema für Sie?